일주일에 하루, 디지털 디톡스

이미 시작되었으니 일단 끝을 보자.

어떤,
실험

추천하는 글

내가 꿈꾸는 실험, 그리고 삶

소설가 조영주

어린 시절 안산에서 살 때, 가장 좋은 놀이터는 아파트 단지 앞 개천이었다.

봄에는 꽃구경을, 여름이 올 때 즈음이면 토끼풀을 한 아름 꺾어다 꽃다발이며 화관을 만들었다. 한여름이면 물놀이 타임이었다. 동네방네 친구들이 각종 튜브를 모두 들고나와 물장구를 쳤다. 가을이 되면 도시락을 싸서 소풍을 가고, 겨울엔 꽝꽝 언 실개천에서 젓가락을 덧댄 썰매를 쌩쌩 달렸다.

돈은 필요 없었다. 전기도 전화도 필요 없었다. 필요한 건 놀고자 하는 의지뿐이었다. 그래서 서울에 이사를 오고 나서 크게 당황했던 것 같다.

서울에는 개천이 없었다. 뛰어놀 공터가 있더라도, 그곳에서 함께 놀 친구가 없었다. 몇 안 되는 친구들은 대부분 학원에 다녔다. 어딘가 가자, 하면 분식점이나 만화방 같은 돈을 써야만 하는 곳이었다. 돈을 쓰지 않으면 친구를 사귀는 게 불가능하다는 도시의 규칙을 이때 처음 배웠다.

나이가 들고 난 후로는 돈뿐만 아니라 각종 전자기기도 필요해졌다. 삐삐가 없으면, 컴퓨터가 없으면, 핸드폰이 없으면, 친구들을 만나는 일이 어려워졌다. 스마트폰이 없으면, 텔레비전을 보지 않으면, 대화가 통하지 않았다. 나는 그런 유행을 헐떡이며 따라갔다. 언젠가부터 나도 그런 일이 당연하다고 여겼다. 그렇게 익숙해졌는가 싶었는데 갑자기 펑, 터져버렸다.

아, 다 싫어.

사람과 사람 사이에는 섬이 있다고 한다. 내게 그 섬의 다른 이름은 적당한 거리다. 한 시간이 멀다하고 울려대는 전화에 허덕이다가 나는 섬을 잃어버렸다. 이래선 안 되겠다는 생각에 귀촌을 했다.

시시때때로 의도적인 잠수를 탔다. 아무것도 안 하고, 집에서 이불속에 들어가 작은 어둠을 만들고 책과 만화를 보며, 개와 집 앞 개천으로 산책을 갔다. 마치, 어린 시절로 돌아간 것처럼. 아날로그의 삶을 살자 삐걱대던 일상이 조금씩 정상으로 돌아왔다.

게슴츠레 눈을 뜨고 보면, 타인과의 사이에 안개 낀 무엇이 보였다.

섬이었다.

적당한 거리란 이름의 섬.

작가 최하나가 벌인 독특한 실험에는 이런 내 모습이 있었다.

작가 최하나는 영리하고 부지런하다.

잠수를 타면 아무것도 안 하고 집에서 조용히 지내는 나와 달리 활동적이다. 무엇이든 만든다. 사람을 모아 파티를 한다. 가고 싶은 곳은 어떻게든 간다. 108배를 올린 다음 날 새벽 산행까지 감행했다는 이야기를 봤을 때엔 어떻게 저렇게까지 할 수 있을까 감탄했다. 나라면 둘 다 안 한다고 하고 개별행동을 했을 텐데.

그게 최하나다. 최하나는 무엇이든 꿋꿋하게 해낸다. 그것을 새로운 기록으로 그려낸다. 다행이다. 그렇게 끈기가 있어서, 덕분에 내가 이 책을 읽을 수 있어서, 조금은 자기반성을 하며 아주 조금은 부지런히 살아볼까, 고민을 하게 되어서 말이다.

작가는 이 책을 적은 후로도 다양한 실험을 계속할 것 같다. 그때마다 작가는 자신의 오감으로 느낀 것을 기록으로 남기겠지. 그걸 또 새로운 책으로 남기겠지.

나는 그 책을 기다리며 『어떤, 실험』을 들고 개천으로 나갈 셈이다. 실개천이 졸졸 흐르는 것을 보며 쭈그리고 앉아 느긋하게 이 책을 한 번 더 읽어보는 것으로 작가의 새로운 실험을 응원할 셈이다.

힘내라, 최하나!

프롤로그

오해는 없길 바란다. 내가 지금 하는 이 일은 아니 이 실험은 아니 이 짓은 순전히 내 의지에 의한 거다. 하지만 매 순간 후회한다. 아니 네 시간마다 옆에 있는 신랑에게 빈다. 감시해달라고 내가 나약해지지 않도록 붙잡아달라고 부탁했으면서도 말이다.

"이거 그만하면 안 돼? 다음 주부터 할게."

그렇다. 나는 일주일에 하루는 모든 디지털 기기를 꺼놓는 실험을 하고 있다. 이름하여 '일주일에 하루, 디지털 디톡스' 되시겠다. 내용은 이렇다. 일주일 중에 하루는 디지털 기기를 끄고 아날로그로 살아보는 거다.

텔레비전 No!

노트북이나 스마트폰도 No!

라디오나 팟캐스트도 No!

오직 허용된 건 다른 보조 기기나 전기가 필요 없는 것들이다. (사실 어디까지가 디지털 기기에 포함되는지를 생각해보다가 범위가 너무 넓어지면 오도 가도 못 하고 아무것도 할 수 없는 신세가 될까 봐 평소 우리가 가장 많이 사용하고 가장 쉽게 떠올리는 것 중 시간을 보내기 쉬운 용도로 사용하는 기기들을 선택했다.)

독서 OK!

드로잉 OK!

몸으로 하는 건 다 OK!

물론 멍 때리는 것도 상관없다. 잠만 내리 자도 상관은 없겠다. (하지만 이건 원래 취지에 부합하지 않으니 금한다.)

하루쯤은 시시때때로 들려오는 메신저 알람과 텔레비전 소리와 스마트폰의 뉴스에서 멀어져 자연을 가까이하고 몸을 움직이고 단순하게 살아보려는 거다.

물론, 이건 완전히 새로운 테마는 아니다. 이미 유명 예능 프로그램이나 다큐멘터리에서 한 번쯤은 다뤄본 이야기니까. 하지만 나는 조금 다른 시각에서 접근하기로 했다. 통나무집을 지어놓고 들어가거나 한 달쯤 일상에서 완전히 벗어나는 건 보통 사람들의 삶에서 시도하기란 쉽지 않다. 나는 그저 우리들의 일상에서 마치 스위치의 전원을 껐다 켜듯이 가볍게 오래 할 수 있기를 바랐다. 그래서 어떤 날이든 상관없이 일주일에 딱 하루 마인드 세팅만 행동만 바꿔보기로 했다. 물론 어려울 것이라는 걸 예상은 했다. 왜냐면 나 역시도 지금의 현대사회에서 살아가는 그 누군가와 다르지 않으니까.

약속 장소에 늦는 지인을 기다릴 때는 편리하고 재밌는 스마트폰을, 한없이 늘어지고 싶고 손 하나 까딱하기 싫을 때는 텔레비전을, 한 가지에 몰두하기 싫을 때는 이것저것 다 틀어놓고 하루를 보냈다.

그랬더니 내 몸이 이상해졌다. 과격한 운동을 하지 않았는데도 어깨와 등이 결리고 눈이 뻑뻑했다. 그리고 그다지 즐겁

지도 않았다. 어느 날인가는 내가 과연 얼마나 중요한 내용을 확인하려고 스마트폰을 계속 들여다보고 있나를 확인해봤더니 죄다 안 봐도 크게 상관없을 뉴스거리들이었다.

그때 나는 깨달았다. 뭔가가 필요하다. 일상의 쉼표라기보다는 일상을 뒤집어줄 혁신이. (그런데 들여다보면 그렇게 대단한 것도 아니다. 혁신까지 들먹일 필요가 있겠나 싶은데 다른 표현이 딱히 떠오르지 않아 그냥 썼다) 그리고 그게 전환점이 되길 바랐다.

승진이나 취직이나 로또 당첨과 같은 드라마틱한 것은 아니지만 지금 내가 느끼고 있는 답답함과 지독함 그리고 권태에서 벗어나고 싶었다. 그래서 선택한 게 바로 '일주일에 하루, 디지털 디톡스'이다.

사실 겁이 났다. 앞서 밝혔듯이 나 역시도 '스마트폰 헤비유저'다. 물론 일할 때는 사용하지 않지만 혼자 있거나 여가를 즐겨야 할 때 휴대폰을 손에서 떼질 못한다. 텔레비전은 자주 시청하지는 않지만 아무 생각 없이 늘어져 있고 싶을 때는 배경음악 삼아 틀어놓고 스마트폰을 한다. 게다가 외출할 때 제일 먼저 챙기는 게 휴대폰인데 이런 내가 아날로그로 살아보겠다니!

그래서 두 달이나 늦어졌다. 실은 이 프로젝트는 2018년 7월부터 시작하려고 했다. 하지만 한 번 해보고서는 자꾸 미뤘다. 분명히 그렇게 힘들지 않았음에도 불구하고. 그래서 이번에는 꼭 꾸준히 해보기로 했다. 약간의 강제성을 빌어서. 맞다. 여기에 글을 쓰는 게 바로 그러한 목적이다.

앞으로 다음과 같은 조건으로 2018년 9월경부터 6개월간 일주일에 하루는 디지털 디톡스를 해보려고 한다.

- 일주일에 하루는 무조건 디지털 기기를 사용하지 않는다.
  일요일로 정하되 상황에 따라 요일 변경은 가능하나 일주일에 무조건 하루는 시행한다.
- 시간을 보내되 때우기 식은 지양한다.
  예를 들면 온종일 잠만 잔다거나 잠만 잔다거나 잠자다 일어나서 밥만 먹고 다시 잔다거나……(내가 잠이 많다).
- 새로운 걸 경험하고 체험해보려고 노력한다.

단, 예외 조항도 있다.

- 출장이나 장기간 해외여행으로 인해 부득이하게 자리를 비우게 되면 최대 2회까지 면죄부를 준다.

- 마감이나 근무 혹은 집안의 우환이나 질병으로 인해 할 수 없으면 그만큼 디지털 디톡스 이행 기간을 연장한다.

- 스마트폰의 경우 인터넷 서핑 및 SNS를 제외한 다른 원래의 기능은 사용할 수 있다. 전화와 문자 그리고 카메라 말이다. 하지만 이는 간단한 용건을 보는 정도이지 시간을 때우는 용도로는 사용할 수 없다.

이렇게 나의 6개월간의 여정이 시작되었다.

과연 어떤 일들이 벌어질까?

어떤 하루를 보내게 될까?

모든 걸 다 마쳤을 때 나는 어떻게 변해있을까?

기대가 크지만 나는 알고 있다. 어쩌면 기간을 다 채우지 못하고 중도에 포기할 수도 있고 이걸 한다고 해서 크게 달라지는 것이 없을 수도 있고 이로 인해 오히려 주변 사람과 불화가 생길 수도 있다는 것. 하지만 두렵다고 한들 어쩌겠나. 이미 시작되었는걸. 일단 끝을 보자.

NO WIFI

차례

추천하는 글 4

프롤로그 8

의식의 흐름대로 끄적끄적 18

880원이 내게 준 용기 26

멋진 멍 때리기 35

홈메이드 전통다과 46

잃어버린 대화와 사색을 찾아서 54

책의 요람에 몸을 누이다 62

디지털 폭식 70

열정과 냉정 사이 75

아무도 없는 곳에 다녀왔어 82

아날로그의 손맛 93

남아도는 시간에 하는 일들 99

템플스테이를 만나다 107

타자기에 얽힌 추억 120

아궁이로 마음을 지피다 128

뉴트로와 아날로그 그리고 빈티지 148

도시농부 되다 157

숲에 안기다 170

슬로우 트래블 179

에필로그 193

24hr
24 HR ONLY

의식의 흐름대로 끄적끄적

사람은 적응의 동물이라고 했다.

있으면 있는 대로 없으면 없는 대로 그럭저럭 살아가기 마련. 물론 적응을 해가는 과정 가운데 약간의 괴로움과 약간의 불편함은 느낄 수 있겠으나 어쩔 수 없다거나 혹은 그러려니 하는 마음으로 버티면 되기는 되더라. 그걸 내가 지금 몸소 체험을 통해 느끼고 있다.

처음 두어 번은 정말 괴롭기 짝이 없었다. 처음에는 이런 아이디어를 낸 나 자신에게 화가 났고 그다음에는 이런 걸 해봐야 달라지는 건 없다며 합리화를 하려 했고 마지막에는 제발 그만하고 싶다며 애걸복걸했다. 하지만 그걸 다 거치고 나니 정말 이상하게도 괜찮아졌다.

디지털 문명과 기기를 되도록 멀리하고 몸을 쓰고 새로운 걸 배우고 자연과 가깝게 지내자는 태도가 어느덧 자연스럽게 몸에 뱄다. 오히려 일상으로 돌아왔을 때 중간에 한 번 더 그런 시간을 가지면 어떨까 하는 생각까지 들 정도였다. (물론 자만하려고 이러한 생각을 밝히는 건 아니다.)

정말 웃긴 건 모든 기기와 사람들의 연락을 차단해도 크게 달라지는 게 없다는 점이었다. 매번 몸이 달아 확인하는 SNS 계정의 좋아요나 팔로우나 댓글도 하루 사이에는 그렇게 드라마틱한 변화는 없었다. (정확히는 0이다.) 스마트폰도 똑같았다. 내가 없는 사이 누군가 굉장히 긴급한 연락을 해오거나 진짜 중요한 정보를 알려주려고 메시지를 남긴 건 단 한 건도 없었다. (물론 나의 인간관계가 너무 좁다 못해 호리병 주둥이 같아서일 수도 있겠다.) 62라는 숫자는 내가 아무 생각 없이 들어간 단체 채팅방에서 사람들이 나눈 잡담이었다. 그 점이 처음에는 나를 분노케 했다.

'내가 아무리 세상에 티끌 같은 존재이지만 이렇게 나를 찾는 사람이 없다니!'

대부분 가족과 함께하는 일요일에 일 때문에 연락하는 사람이 없는 건 당연하다. 내가 무슨 대단한 일을 한다고…… . (나의 직업을 깎아내리려는 것은 아니다. 정말 소중하고 좋아하는 일이지만 목숨을 다툴 정도로 긴급한 일은 아니지 않은가) 그러니 그 후부터는 그냥 맘 편히 한쪽 구석에 휴대폰을 밀어놓고 내 할 일을 한다.

솔직하게 나는 집안일을 별로 좋아하지 않는다. 이렇게 말하면 누군 좋아서 하는 거냐고 화가 치미는 사람이 있을지도 모르지만 정확하게 말해 아무리 정을 붙이려고 해도 쉽지 않다.

직업의 특성상 주로 집에서 일하니 아기자기한 소품으로 집을 가꾸고 여유롭게 커피 한 잔 내려서 글을 쓰다가 작은 집에 굴러다니는 먼지 몇 톨 털어내고 물걸레로 몇 번 쓱싹하면 된다고 생각했다. 실제로 전업주부가 된 친구 중에서는 적성에 제법 잘 맞는다고 하는 이들도 있었다. 하지만 나는 그런 생활에 적응하지 못했다.

일단 혼자 있는 걸 참지 못한다.

외국에서 벽만 보고 2년을 살았던 경험 때문인지 그 후에 생긴 트라우마 때문인지 사람들과 함께 있고 싶어 한다. 지인이 아니어도 된다. 불특정 다수가 우글대는 공간이어도 괜찮다. 그래서 나는 평소에 이상한 각종 모임을 주최하는 '모임덕

후'이기도 하다.

둘째, 나는 그렇게 아기자기한 성격이 되지 못한다.

손재주 제로의 마이너스 곰손이다 보니 글씨도 엉망 바느질도 젬병 게다가 요리는 끔찍이 싫어한다. 컵밥을 돌려먹다가 반찬을 사다 먹다가 굶다가 빵으로 때우다가 편의점 도시락에 정착한 지 얼마 되지 않았다. 그사이 불규칙한 식습관 때문에 위염이 도졌다. 그런데 가만히 생각해보면 밥도 혼자 먹어야 한다는 사실이 그렇게 만든 게 아닌가 싶다.

마지막으로 혼자서도 주절주절 떠드는 내 성격상 가만히 조용히 해야 하는 집안일이 잘 맞지 않았다. 많은 사람 앞에 서면 떨기보다는 신이 나면서도 조용히 있으라는 주문에는 이상하게 자신이 없어지면서 움츠러든다.

아무튼, 이 이야기를 구구절절이 한 이유는 '디지털 디톡스'를 하면서 집안일을 반기게 되었기 때문이다.

시간을 때울 수 있는 수단을 모두 제거하고 나니 할 수 있는 건 죄다 능동적으로 움직이는 것들뿐이었다. 그전에는 스마트폰 삼매경에 빠져 싱크대에 잔뜩 쌓아놓은 설거짓거리가 부담스러웠는데 이제는 밥만 먹으면 부리나케 달려들고 청소하느니 놀겠어라는 마음가짐이었는데 한동안 쌓아둔 베란다의 물건들을 정리하고 물에 젖어 쓸 수 없게 된 책을 내다 버리고 쓸만한 물건은 플리마켓에 내놓는다고 따로 모아놓았다. 요리한다고 생각하면 머리가 지끈지끈 아팠는데 이제는 신랑에게 김치부침개를 만들어 먹자는 둥 NO오븐 치즈케이크를 해 먹자는 둥 적극적으로 변했다. 모두 시간 때우기를 멈췄더니 벌어진 일이다. 그렇다고 없던 솜씨가 하루아침에 생길 리가 없다. 다만 태도가 바뀌었다는 거다. 그것만으로 충분히 큰 변화라고 생각한다.

사실 '디지털 디톡스'를 하게 된 건 그동안 내 인생이 정체되어 있다고 느껴져서다. 특히 2018년에 극에 달했는데 시도했던 일과 목표들이 어그러지고 빠그라지고 실패했기 때문이다. 변화를 원했는데 달라진 건 아무것도 없어 무기력해졌다. 벗어나고 싶었는데 그게 쉽지 않았다. 그래서 이 프로젝트에 더욱더 매달려 보고 싶었던 게 아닐까 싶다.

무엇보다 전업하기 전에는 정말 순수한 기쁨으로 열정으로 글을 썼다. 퇴근 후 피곤해도 내가 일상에서 본 것들을 쓰고 남들과 공유하며 공감과 관심을 받는다는 게 좋았다.

하지만 직업이 된 후에는 고료 없이는 쓰질 않게 되었다. 인터뷰 원고와 기고해야 할 기사 그리고 단행본 작업을 위한 연재 빼고는 손도 대지 않았다. 출간이 무산된 뒤에는 연재마저 멈췄다. 매일매일 쓰고 싶은데 기록을 하고 싶은데 그럴듯한 명분이 영 생기질 않았다. 그런데 내게서 재밌는 상자와 (텔레비전) 놀라운 상자 (스마트폰, 웃기지만 난 그 두 개를 이렇게 불렀다)를 빼앗으니 저절로 펜을 쥐게 되었다. 하지만 힘이 잔뜩 들어간 쓰기는 하지 않기로 했다. 그저 시간과 의식의 흐름대로 내가 뭘 하고 뭘 읽었는지 기록하기로 했다. 그랬더니 우스꽝스러운 그림과 약간의 필사 그리고 솔직한 심정이 남았다. 아래는 그 기록의 일부다.

12:08 pm

작가 요네스 뵈의 소설 『리디머』를 다시 읽다. 그중에서 내 마음을 빼앗은 표현을 적었다.

'이름:틴토 주인:우리 모두.' 다들 틴토가 무사하기를 바랐다. 하지만 바람만으로는 부족할 때가 있는 법이다. P159

* 소설 속 등장인물 중 한 명이 전쟁통에 발견한 유기견에게 이름을 붙여주고 모두가 함께 돌봐줬는데 어느 날 사라져 버렸다는 뜻이다. 신변에 안 좋은 일이 일어났을 수 있음을 간접적으로 표현했다.

6:19 pm

으으으 스마트폰이 쓰고 싶어서 온몸이 근질거리는 지경에 이르렀다. TV 소리도 없이 조용한 가운데 있으려니 죽겠다.

7:54 pm

이 고요함이 어색하다. 방금 관리사무소에서 추석 선물을 준다는 방송이 나왔는데 나도 모르게 엄청 집중해서 듣고 있다.

여차여차해서 잘 넘어간 하루. 자정이 되어 날짜가 바뀌는 순간 공주에서 밥풀떼기로 변신한 신데렐라처럼 (나의 경우에는 반대라고 볼 수 있겠다) 처지가 확 바뀌어버렸다.

'나는 이제 자유다!'

의기양양하게 스마트폰을 켰는데 16분 즈음 지나자 할 게 없다는 생각이 들면서 도무지 어디서부터 봐야 할지 모르겠는 거다. 마치 매일 보는 친구와는 미주알고주알 잘만 떠들지만 오랜만에 만난 친구와는 어디서부터 이야기를 나눠야 할지 몰라 어색한 것처럼. 물론 하루가 지나면 다시 원래의 생활에 익숙해지겠지만, 이 낯선 기분과 경험이 놀라우면서도 반가웠다.

다음 주 일요일은 무엇을 할까 생각해보면서 말이다.

880원이 내게 준 용기

술로도 감히 용기를 내지 못했다. 술을 잘 못 마시는 체질 덕분에 (사실 몇 번의 쓰라린 경험 후에 조금씩 줄었다고 보는 게 맞겠다) 생맥주 한 잔과 소주 반병의 알딸딸함을 빌렸음에도 결국 실패했던 일이었다. 지금 생각해보면 뭐 그렇게 대단하게 여겼을까 싶지만, 너무 사소했고 오랜 시간 간과해왔기에 더욱 돌이키기 힘들었다. 자꾸 수수께끼 같은 말만 늘어놓는 거냐고 생각할지도 몰라 그냥 이야기하겠다. '인간관계'의 문제다.

30대 중반을 향해 달려가는 내게는 미주알고주알 힘든 일 좋은 일을 함께 터놓을 친구가 거의 손가락을 꼽을 정도로 적어졌다. 원래는 안 그랬다. 친구들이 하나씩 결혼을 하고 아이를 낳으면서 우리의 관심사는 하늘과 땅만큼이나 달라졌고 육아에 맞벌이에 바쁘고 지쳐있다는 걸 알기에 연락을 하기 쉽지 않았다. 가끔 카톡이라도 보내볼 걸 하는 생각이 들다가도 썼던 안부의 말을 지우고 휴대폰을 내려놓은 게 한두 번이 아니었다. 사실 나의 마음과 다른 뜨뜻미지근한 답장이 돌아올까 봐 대꾸조차 없을까 봐 두려웠다.

친구가 먼저 연락을 하지 않는 이상 먼저 연락하는 일이 없어지면서 점점 고립된다는 생각이 들기 시작했다. 그러다가 문득문득 떠오르는 사람들에게 명절과 연말을 핑계로 오랜만에 안부를 물어볼까도 생각했지만 그뿐이었다.

'그래도 연락해야지.

결혼식에도 와줬는데…….

우리 우정이 얼만데…….

알고 지낸 세월이…….'

하지만 짧은 카톡으로 아무 일 없었다는 듯이 말을 건네기에는 좀 켕기는 구석이 있었다. 결국 이리 따지고 저리 따지고 하는 틈에 벌써 몇 년의 세월이 흘러가 있었다.

술김에 전화를 해보려고도 했다. 그 정도로 우리는 막역했으니까. 특히 그중에 제일 먼저 떠오르는 이름이 하나 있다. 초등학교 동창으로 얼굴을 알고 지내던 우리는 고등학교에 진학해서야 한 반이 되었다.

얼굴만 아는 사이였지만 아는 애가 있다는 것만으로도 큰 위안이 되었다. 게다가 우리 집에서 걸어서 딱 15분 거리에 그 친구가 살고 있었다. 등하굣길을 우연히 때로는 일부러 함께 하면서 우리는 자연스럽게 친해졌다.

우린 같은 가수를 좋아했고 수련회에 갔을 때는 다른 텐트를 배정받았음에도 불구하고 일부러 이 친구의 동으로 옮겨갔다. 내가 낀 탓에 자리가 너무 좁아 우리는 밤새 잠을 설치고 이불을 온전히 덮지 못했지만, 그저 좋았다.

2학년에도 같은 반이었지만 노는 친구 무리가 달라져 그렇게까지 친하게 지내지 못했다. 3학년 때 바로 옆 반이어서 자주 얼굴을 봤고 이사를 하지 않은 탓에 우리는 잘 붙어 다녔다.

솔직히 말해 완전 단짝이었다거나 베스트 프렌드라고 말하기는 뭣하지만 (나는 그렇다고 생각한 적도 있으나 그 친구는 어떨지 몰라 소심하게 적어본다) 그렇다고 싸우거나 언성이 높아진 적도 없다. 그 점에서는 둘이 전혀 다른 성격을 가졌다는 게 빛을 발했다.

친구는 아주 차분하다. 끈기가 있고 반복되는 일도 마다하지 않는다. 변덕과는 거리가 멀며 외유내강 스타일.

나는 아주 시끄럽다. 성질이 급하고 변덕스러운 구석이 있다. 새로운 걸 좋아하고 호기심이 많으며 외유내유 스타일 혹은 외강내유 스타일.

서로를 보완해주는 탓에 나는 친구를 내심 언니처럼 생각했다. 때로는 늘 기다려주고 지켜봐 주고 조언을 건네주는 멘토처럼 여기기도 했다. 하지만 불행히도 우리는 같은 가수를 좋아했다는 것 빼고는 성향은 잘 맞지 않았다.

외국영화를 좋아하는 나 vs 한국영화를 좋아하는 너

피 튀기는 누아르나 스릴러를 좋아하는 나 vs 달달한 로맨스를 좋아하는 너

여기저기 쏘다니기를 좋아하는 나 vs 따뜻한 휴식과 안정을 좋아하는 너

새로운 세계를 보고 싶어 하는 나 vs 지금의 세계를 가꿔가기를 원하는 너

우리는 대학에 진학하고 나서 완전히 다른 길을 갔다. 나는 휴학을 2년이나 하고 캐나다로 중국으로 공부를 하러 가고 친

구는 착실히 학업에 전념하고 일찍이 사회생활을 시작했다.

한국을 떠나 2년 동안 외국 생활을 하며 제한된 시간과 돈 그리고 기회 안에서 최대한의 성과를 이뤄야 한다고 생각했다. 그래서 한국에 있는 친구들에게 연락을 거의 하지 않았다. 귀국했을 때 어떤 이는 안부 연락 정도는 할 줄 알았다고 서운함을 내비치기도 했다. 혹시 나 같은 애가 친구랍시고 옆에 있었으면 인연이 끊어졌을 수도 있겠다 싶었다.

내가 앞서 이야기한 친구는 그런 서운함마저도 내비치지 않았다. 그녀는 유일하게 내게 편지를 보낸 이었음에도 말이다. 내가 답장을 했는지는 잘 기억이 나지 않지만 보냈더라도 친구만큼의 성의를 담아서는 아니었을 거다.

졸업 후에도 우리의 관계는 평행선을 달렸다. 분기별로 한 번쯤은 만났고 가끔은 집에 가기도 했지만 어쩐지 간극이 좁혀지는 것 같진 않았다. 그 이유는 분명했다. 사회생활을 먼저 시작한 그녀를 따라잡기에는 내가 너무 한참 뒤에 있었기 때문에.

하루는 친구가 분한 목소리로 연락을 했다. 맞았다고 했다. 나는 너무 놀라 친구를 만나러 갔다. 맛있는 걸 사주고 하소연을 들어줘야겠다는 생각이 들었다. 막상 만나니 친구는 덤덤

했다. 환자 보호자가 빰을 때렸다는 것이었다. 그 소리에 나의 흥분지수는 하늘을 찌르기 시작했다.

"야! 그런 놈을! 어디서 감히!!! 고소하라고 안 해? 간호사와 환자가 무슨 갑을관계냐?"

그 말에 친구가 내보인 표정을 아직도 생생하게 기억한다. 사회생활을 오래 했기에 나보다 철이 일찍 든 어른이었기에 내보일 수 있는 체념한 듯한 희미한 미소. 그 일을 계기로 나는 거꾸로 더 깨닫게 되었다. 나는 그녀에게 도움이 되기에는 너무 어린 친구라고.

그래도 우리의 사이는 20대까지는 비슷했다. 크게 다르지는 않았다. 하지만 30줄을 넘고 나니 점점 연락이 뜸해졌고 급기야 일 년에 한 번조차도 얼굴을 보기 힘든 사이가 되어버렸다. 그래도 그 친구는 나의 결혼식에 기꺼이 와주었다. 결혼한 후에도 몇 번이고 보려고 했다. 초대도 했지만, 타이밍이 맞지 않았던 것 같다. 연락하려고 했다. 하지만 언젠가부터 답이 짧아졌다는 이유로 냉담해진 것 같다는 이유로 나 몰래 토라져 점점 먼저 카톡을 보내지조차 않았다.

하지만 그 친구를 잊은 적은 단 한 번도 없다. 가끔 불을 끄고 누워 천장을 보며 멍 때릴 때면 왠지 모르게 그녀 생각이 났다. 우리가 그 옛날에 같이 좋아했던 god가 완전체가 되어 돌아온다는 소식을 들었을 때 제일 먼저 그녀 생각을 했다.

그래도 나는 여전히 용기가 나지 않았다. 술 한 잔 먹은 날에 전화해서 우리 사이의 긴 침묵을 깨보고 싶었다. 어제 만난 것처럼 인사를 건네보고도 싶었다. 하지만 그건 참 어려운 일이었다. 메일을 하나 쓱 보낼 수도 그것도 아니라면 메신저로 그것도 아니라면 SNS를 통해 아주 간편하고 편리하게 연락을 할 수 있는 시대인데. 디지털 문명을 통해서 그 어떤 것도 해내지 못했다. 메일 한 통도 카톡 한 줄도 댓글 하나도 달지 않고 시간은 그렇게 흘러만 갔다.

언제 어디서나 무한정 통화를 할 수 있는 시대가 되었지만 먼지가 뽀얗게 내려앉은 우정을 다시금 반짝반짝 빛나게 하는 건 불편함을 감수해야 하는 아날로그였다.

디지털 디톡스를 하는 기간에 우연히 휴대폰이 먹통이 되어 집 근처 공중전화를 급히 쓸 일이 생겼다. 솔직히 고장이 났을 거라 생각하고 지갑에 남은 동전 몇 개를 넣었는데 신호가 갔다.

편리함에 첨단 문명에 까맣게 잊고 지냈던 아날로그가 빛은 바랬으나 거기 우뚝 서서 여전히 존재하고 있었다.

'그래, 이거다.'

일부러 밖에 나가야 하고 동전이 필요하고 번호를 미리 적어가야 한다는 거추장스러움과 불편함 때문에라도 그냥 돌아서는 일은 없겠다 싶었다. 그래서 디지털 디톡스를 하는 날 공중전화로 그리웠던 사람에게 전화를 무작정 걸어 보기로 했다. 집에 남아있는 동전을 탈탈 털어 모으니 제법 돈이 되었는데 막상 부스에 도착하니 500원짜리는 사용이 불가하단다. 그래서 남은 돈은 결국 880원. 나는 제일 먼저 떠올린 친구의 전화번호를 눌렀다. 신호음이 꽤 오래갔다.

'그래, 모르는 번호로 오면 안 받을 수도 있지. 게다가 이건 가정집 번호처럼 뜰 텐데.'

아쉬운 마음에 수화기를 내려놓으려는 순간 목소리가 들려오는 듯했다.

"여보세요?"

"여보세요?"

"여보세요?"

"나야."

“.......”

“나라고. 누구게?”

“.......하나니?”

나는 그제야 안도의 한숨을 내쉬었다. 아무 일 없었던 듯 어제 만났다 헤어진 듯 안부를 묻고 인사를 건넸다. 친구는 여전히 같은 직장에 다니고 있다고 했다. 서로 결혼생활은 어떤지 이사를 하지는 않았는지를 확인했다.

“우리 만나자.”

시간 될 때 한 번 보자는 것이 아니라 주중이 편한지 주말이 편한지 시간대는 언제쯤이 맞는지 구체적으로 물어봤다. 아마도 우리는 머지않은 어느 날 만나게 될 것 같다. 아마도 내가 다시 한번 더 용기를 내어 약속을 잡는다면.

술도 하지 못한 일을 아날로그 공중전화가 나에게 880원의 용기를 주었다.

멋진 멍 때리기

날이 밝았다.

다시금 12시를 가리키는 시계에 촉각을 곤두세우는 시간!

지난번에는 도중에 힘들다며 꼭 해야 하냐며 신랑에게 징징댔다면 이번에는 시작하기 전부터 팔을 부여잡고 늘어지기 시작했다.

"하기 싫으면 하지 마요."

"하기 싫다고 안 할 수 있는 게 아니야."

"그런 게 어딨어? 이렇게 스트레스받으면서 할 필요가 있나?"

"……"

토끼 같은 남편과 너무나도 재밌는 디지털 세상을 내버려

두고 나 혼자 산속으로 마음의 동굴 속으로 기어들어 가는 데 응원이라도 해줄 망정이지……. 그렇게 실랑이를 벌이고 있는 사이에 어느덧 '디지털 디톡스'의 날이 밝아왔다.

그날이 되면 제일 먼저 하는 일

하나, 텔레비전 끄기.

둘, 스마트폰 버려두기.

셋, 조명을 끄고 장식장 위에 놓인 향초에 불을 켜기.

그리고 침대에 기대앉아 아무 생각 없이 멍 때리기.

'디지털 디톡스'를 할 때는 되도록 눈을 열어둔다. 멀리 보려고 한다. 가끔은 한 점을 찍어놓거나 벽지 무늬를 점찍어 놓고 가만히 바라본다. 뭔가를 집중해서 읽거나 가까이에 시선을 두지 않는다. 사실 내게는 이 시간이 선택이 아니라 필수다. 이 프로젝트를 하기 전에는 매일 밤 잠들기 전 잠깐씩 불을 희미하게 켜 두고 일부러 하기도 했다. 그 이유는 바로 눈! 실은 이 사실을 밝히기까지 고민이 많았다. 어떤 글에서도 시원하게 밝힌 적이 없다.

나는 비문증을 앓고 있다.

눈을 떠서 뭔가를 볼 때마다 검은 날파리 같은 게 둥둥 떠다닌다. 좀 더 알기 쉽게 표현하자면 옛날 흑백영화를 보면 화면이 지글거리듯 내 눈이 그렇다. 그래서 밝은 빛을 싫어한다. 그러면 날파리는 더욱더 날갯짓하니까. 한마디로 비문이 더 선명하게 보인다는 뜻이다. 그전까지 힘들 때면 하늘을 바라보며 마음을 달래곤 했다. 하지만 이제는 그러지 않는다. 그럴 수 없다는 게 제일 슬펐다.

이걸 병이라고 분류해야 할지는 모르겠다. 이런 증상이 있다고 해서 배를 쥐어 잡거나 피를 흘릴 일도 없고 고통에 뒹굴 일도 없다. 일상생활을 못 하거나 큰 방해를 받는 것도 아니다. 심지어 남들은 전혀 모른다. 하지만 조용히 내 삶을 갉아먹는다.

눈을 뜰 때마다 비문증을 앓고 있다는 사실을 확인하는 게 참 고역이었다. 다만 과거형으로 표현한 것은 지금은 많이 초월한 상태이기 때문에. 이제는 나를 졸졸 쫓아다니는 성가신 친구 정도로 받아들였다. 물론 그렇게 되기까지는 수년의 시간이 걸렸지만.

처음, 증상이 나타나 병원에 갔을 때 비문증일 것 같다는 예상을 하긴 했다. 왜냐면 나는 그전에 이미 눈과 관련된 질환으로 앞을 제대로 볼 수 없는 상태에 빠지기도 했으니까. 내가 가지고 있는 건 건강한 몸뚱이와 열정뿐이던 시절, 미래를 위해 내 모든 걸 갈아 넣었다. 고시원에서 지내기도 했고 12시간이 넘게 노트북을 붙잡고 일을 하기도 했다. 노오력하면 된다더니 내 몸을 돌보지 않았다는 게 형벌로 돌아왔다. 어느 날 갑자기 눈앞이 뿌옇게 흐려지더니 양파로 눈을 마구 비비는 듯한 고통이 찾아왔다. 처음 겪는 통증이라 겁이 났다. 그다음 날 안과를 찾았고 눈을 너무 많이 쓴 데다가 건조해 상태가 많이 안 좋다고 했다.

"일주일간은 처방한 약을 수시로 넣어주고 읽거나 보는 걸 하지 마세요. 참으세요."

일주일 뒤, 의사 선생님은 상태가 나아졌다고 했다. 일상생활을 해도 상관이 없다고 했다. 그 말을 믿고 집으로 돌아왔지만, 상태는 똑같았다. 뭔가를 응시할 수 없는 상태. 책을 읽을 수도 컴퓨터를 할 수도 텔레비전을 볼 수도 없었다. 다른 병원을 찾아 다시 처음부터 치료했지만 나아지지 않았고 결국 대학병원을 찾아 종합적인 검사를 받았다. 증세는 뚜렷한데 병명은 뚜렷하지 않았다. 그때 처음 알았다. 눈에 이상이 생기면 치료법이 거의 없다는 걸. 특히나 아주 단순한 안구건조증과 같은 병도 완전히 다 낫는 약이 없다. 최선은 그나마 '인공눈물' 처방과 '레스타시스'라는 약뿐인데 이마저도 특정 원인에게만 효과가 있단다.

나는 그렇게 두 달간 아무것도 할 수 없는 상태가 되었다. 그때부터 눈에 대한 공포가 생겼다. 흔히 이런 전철을 밟는다고 하는데 이 상태에서 심해지면 비문증이 생기고 거기서 더 심해지면 광시증 (눈앞에서 불빛이 번쩍번쩍하는 증상)이 생길 수 있고 더 나아가 망막박리가 오면 돌이킬 수 없는 강을 건널 수도 있다는 것. 지금의 증세를 더 악화하지 않게 유지하면서 호전이 되게 만드는 게 내가 할 수 있는 최선이었다.

그때부터 눈에 좋다는 건 다 찾아 먹기 시작했다. 베리 종류에 그런 효능이 있다고 해서 엘더베리 쵸크베리 등 이름도 생소한 건강보조제를 주문해서 먹고 30분에 한 번씩은 인공눈물을 넣어주고 밤에는 찜질을 해주고 되도록 멀리 보고 텔레비전도 책도 멀리했다. 아직도 기억나는 건 그 당시 '로열 패밀리'라는 드라마가 한창 하고 있었는데 이걸 보려면 처방받은 인공눈물을 거의 반 통을 다 써야 했고 10분 보고 나서는 10분 눈을 감아야 했다. 고행도 이런 고행이 없었다. 넣어야 할 약의 종류는 많은데 모두 다 점안 뒤 20분 후에나 다른 약을 넣을 수 있어 스케줄을 관리하듯 온종일 시간을 재며 약만 넣고 있었다.

매일 아침 집을 나설 때마다 주차된 차량의 번호판을 읽었다. 눈이 안 좋아지면 시력도 같이 안 좋아진다고 했으니 나에게는 그게 지금의 상태를 가늠할 수 있는 잣대이었다. 그때는 사무직을 한다는 게 일반적인 회사에 다닌다는 게 아득하게 느껴질 정도였다.

다행히 상황은 나아졌다. 이제는 미드를 역주행해도 나쁘지 않은 정도가 되었다. 책도 읽을 수 있고 영화도 볼 수 있고 스마트폰을 해도 괜찮다. 하지만 내 마음에 뿌려진 의심과 공포의 씨앗은 사라지지 않고 자리를 잡았다. 덕분에 내 휴대폰의 폰트는 가장 큰 크기로 설정되어 있다. 한 번은 누가 그걸 보고 "할머니 폰이에요?"라고 물은 적도 있다. 블루라이트를 차단하기 위한 앱도 깔려있고 그것도 모자라 늘 액정 밝기는 20%대로 유지하고 있다.

디지털 디톡스를 하는 이유 중의 하나는 의도적으로 눈을 쉬게 해 주려는 것이다. 멍하니 앉아서 멀리 바라보는 시간을 가지려고. 참고로 나는 주로 밤과 새벽에 일하는 편이라 불은 끄고 은은한 조명을 켜 두는 편인데 이왕 디지털 세계에서 벗어나기로 한 거 좀 더 아날로그에 가까운 초를 사용하기로 마음먹었다. 평소에도 조그마한 향초가 있기는 했는데 프로젝트를 위해 우리 집 반려견을 위해 모두를 위해 무해한 성분을 사용했다는 소이캔들을 따로 주문했다.

일렁이는 불빛 말고는 눈이 따라갈 것이 아무것도 없다. 창문 너머로 들려오는 차 소리와 새소리 그리고 바람 소리를 제외하면 귀가 방해받을 일이 없다. 참으로 신기했다. 평소에 잠자리에 들 때면 항상 머리맡에 팟캐스트를 틀어놓는 습관을 지니고 있다. 취침 기능이 되지 않는 탓에 (혹은 사용할 줄 모르는 탓에) 끄지 않으면 아침까지 재생이 될 때도 있는데 그러다 보니 완벽한 무음 속에서 잠이 든다는 것은 너무나도 낯선 일이었다.

거기에 하나 더, 우리 집은 원래 사거리 근처에 있는 탓에 차량 통행량이 제법 많은 편인데 그간 각종 소리에 묻혀 산 탓에 (특히 아무 생각 없이 틀어놓는 TV 소리와 팟캐스트 소리) 차 소리가 여기까지 들린다고는 생각하지 못했다. 그런데 이게 웬일 활짝 열어놓은 창문 너머로 차들이 지나가는 소리가 들리기 시작했다.

조금 육중한 트럭이 지나가는 소리

덜컹하며 턱에 걸려 넘어가는 소리

무슨 일인지 빵빵대는 소리

도로에 미끄러지듯 지나가는 소리

지금 당장 집중해야 할 일이 없기에 그런 소리가 싫지 않았다. 오히려 그런 소음 속에 각각의 개성이 있다는 게 신기하기까지 했다. 그걸 분간하게 될 줄도 몰랐다!

멍 때리듯 앉아서 하는 건 딱히 없다. 보통의 명상은 생각하지 말라고 하는데 나는 그냥 이런저런 잡념들이 떠올랐다가 가라앉거나 사라지게 내버려 둔다. 생각의 부유물질이 내 머릿속을 자유롭게 유영하게 내버려 둔다. 피었다 사라지는 생각이 희미해지고 시선이 천천히 벽에서 벽으로 이동한다.

'이 집에 처음 이사 왔을 때 했던 페인트칠이 이제 좀 벗겨졌네. 특히 저 방문 모서리는 닳아서 나무가 보이네. 다시 칠해야 하나.'

한창 셀프 인테리어에 빠져 둘이서 신혼집을 꾸몄던 때가 있었다. 물론 내 집이 아니라서 법적으로 문제가 없을 정도로만 손을 댔다. 방문을 페인트칠하고 싱크대 문짝은 시트지로 덮었다. 스타일링을 위해 흡착식 벽 선반을 사서 붙여놓고 사진과 엽서 그리고 리스를 걸어두었다. 화장실은 도저히 손댈

도리가 없어 욕조만 약품을 발라 하얗게만 만들어 두었다. 그때 베란다에도 조립식 나무를 깔고 캠핑용 의자를 가져다 두어 홈 카페 겸 휴식공간으로 만들어 두기도 했는데 여러 가지 문제로 이제는 철거한 상태다.

향초를 켠 벽에 그림자가 너울거리자 바로 뒤에 받쳐둔 내가 직접 그린 반려견의 초상화가 눈에 띈다. 거기에 있었지만 거기에 있는 줄 몰랐다. 아크릴 물감으로 그려야 해서 실수하면 안 된다는 마음으로 긴장하며 붓을 잡고 색을 칠했다. 두어 번 덧칠하기는 했지만, 동구의 완성된 모습을 보며 뿌듯했던 그때의 기억과 함께 그림이 장식장 한편에 방치되어 있었다. 불빛 때문에 번져 보이는 동구의 얼굴을 보고 있자니 내가 정말 아끼는 존재가 맞는다는 사실을 다시금 되새기게 되었다.

가만 생각해보면 '디지털 디톡스'를 하겠다고 마음먹은 이유는 뭔가 변화가 필요했기 때문이기도 하다. 어느덧 30대 중반을 향해 달려가다 보니 무슨 일을 해도 관성이 생겨버렸다. 몇 번이고 반복했던 일이었고 몇 번이고 경험했던 일이기에 놀라움도 간절함도 덜했다. 어느 순간 내가 진정 바라는 나의 모습을 잊어버렸다. 아무것도 하지 않고 낯선 환경에 나를 놓아두니 마음에 끼였던 때가 조금씩 녹아내리는 것 같다.

특별할 건 없다. 그냥 자연스러움을 받아들이고 새로운 걸 하나씩 받아들여 볼까 한다. 덕분에 이렇게 아무것도 하지 않고 고요히 앉아 있는 시간. 멍 때리는 시간도 충분히 멋져졌다.

보통의 명상은 생각하지 말라고 하는데 나는 그냥 이런저런 잡념들이 떠올랐다가 가라앉거나 사라지게 내버려 둔다. 생각의 부유물질이 내 머릿속을 자유롭게 유영하게 내버려 둔다.

홈메이드 전통다과

'디지털 디톡스'를 하기 전날 챙기는 것이 몇 가지 있다.

우선, 스케줄 확인!

하루를 온전히 잘 보내기 위해 가급적 시간을 비워둔다. 만약 여럿이 여행을 가거나 모임에 참석하거나 일을 하게 되면 어쩔 수 없이 디지털 기기를 쓰게 될 테고 그게 아니더라도 큰 노력이나 깨달음 없이 그냥 하루를 흘려버리게 될 수 있으니까 말이다.

그다음에는 아주 가까운 사람들에게 알리기.

"내일은 카톡을 쓸 수가 없어서 답을 못할 거야. 이해해줘. 무슨 일 없는 거니까 걱정하지 말고."

처음에는 답답해하던 부모님도 이제는 그러려니 하신다. 답이 없으면 "아, 맞다. 디톡스하는 날이지."라며 자문자답하시기도 한다.

마지막으로는 필요한 재료나 물품을 준비한다. 이건 당일에 해도 되는 거지만 일단 눈을 뜨고 기지개를 켜는 순간부터는 스마트폰의 스마트함을 빌릴 수가 없으니 초행길을 가야 하거나 온라인으로만 구매가 가능한 것들은 미리 전날 알아보거나 미리 사다 놓는다. 하루를 위해 유난을 떤다 싶다가도 이런 부지런함이 바쁨이 싫지 않다.

이번에 도전할 건 바로 '홈메이드 전통다과'다. 그중에서도 초보자도 쉽게 만들 수 있을 것만 같은! (아직 해보기 전이라 모름) 약과와 식혜가 그 주인공 되시겠다. 이 중에서 식혜는 이미 만들어 본 적이 있다. 내가 캐나다에서 공부하고 있을 때 대부분의 한국음식은 구할 수 있었는데 이것만큼은 구할 재간이 없었다. 당연히 재료가 없으니까.

누군가는 내게 캔 음료로 된 식혜를 사서 마시라고 하기도 했는데 식혜 입맛이 까다로운 편이라 집에서 갓 만든 살짝 얼려 뽀야면서도 보슬보슬한 그 맛을 원했다. 그래서 엄마에게 전화로 부탁을 했다.

"엄마, 여기서는 식혜를 구할 수가 없어. 직접 만들어야 할 것 같은데 재료 보내줄 수 있어?"

"아, 거기 쌀은 있지? 엿기름 보내줄게. 그거 있음 만들 수 있어."

국제우편으로 어렵사리 받은 엿기름.

그때 처음 알았다. 엿기름의 존재를. 명절 때나 홀짝홀짝 얻어 마시던 그 시원한 음료수 만드는 방법을. 캐나다에서도 맛볼 수가 있다니. 편리함에 감탄했다. 그렇게 만든 식혜는 열심히 퍼마시고 남은 건 생수병에 담아 냉장고에 고이 모셔두었다가 친구에게 선물로 주기로 했다.

하지만 이게 웬걸! 사나흘이 지났을까? 맛이 변해있었다. 그렇다. 아무리 냉장고에 넣어두어도 쉬기에 십상인 음료였던 거다.

쓰라린 실수와 함께 온몸에 각인된 식혜 만들기를 이번에는 약과와 함께 곁들여 먹기 위해 도전해 보기로 했다. 시장에서는 3,000원이면 2리터짜리 큰 병을 살 수 있는데 번거롭게 직접 만들어야 하나 싶기도 하지만 그게 이 프로젝트의 목적이 아닌가?

하지만 약과는 내게 미지의 세계다. 모양도 그렇고 쫀득쫀득한 식감도 그렇고 쉽진 않을 것 같다. 정식으로 하자면 다식기도 갖춰야 하지만 용감한 나는! 스크루지 같은 나는! 요리는 눈대중이라고 생각하는 나는! 그냥 칼로 모양을 내기로 했다.

다행인 점이 하나 있다면 최근에 홈파티를 했던 탓에 필요한 재료 중에 일부는 이미 갖춰져 있었다. 특히나 반죽에 참기름과 함께 들어가야 하는 소주가! 소주가! 소주가! 이미 냉장고에 모셔져 시원한 상태를 유지 중이었다.

그럼 이제 본격적으로 전통 (야매) 다과를 만들 시간!

자세한 정보는 다음과 같다.

| 소요시간 |

2시간 (But, 식혜는 밥솥에 넣고 7시간을 보온하는 과정을 거쳐야 하기에 총 9시간이라고 볼 수 있겠다.)

| 소요비용 |

약 16,000원가량 (소주, 참기름 그리고 설탕이 집에 있어 돈을 아꼈으나 쌀이 잡곡인 바람에 추가로 흰쌀을 구매하여 결국 또이또이가 되어버렸다.)

| 재료 |

◎ 약과 - 박력분, 참기름, 소주, 조청, 아몬드 슬라이스 (요건 고명! 원래는 잣을 얹는데 슈퍼에서 팔지를 않아 우리는 젊으니까! 퓨전으로 하자! 는 마음으로 아몬드를 선택했다.)

◎ 식혜 - 쌀, 엿기름, 설탕, 물

| 만드는 방법 |

* 일단, 두 가지를 동시에 만들려면 식혜 작업을 먼저 하는 게 좋다. 밥을 하는 시간 동안 약과 반죽을 만들면 되고 밥이 다 되면 그때 약과 반죽을 휴지시키면 되기 때문! 그 사이에 엿기름과 물을 넣고 보온을 시키고 반죽을 냅다 튀기고 먹으면서 식혜가 완성될 때까지 주린 배를 채우면 된다.

| 식혜 |

1. 우선, 흰쌀을 준비해 밥을 한다.
2. 엿기름 네 봉과 물 2ℓ를 넣고 보온 버튼 누른다.
3. 7~8시간이 지난 뒤에는 그릇째 꺼내 냄비에 담고 설탕을 네 스푼 넣어준 뒤 끓인다.

4. 마지막으로 성질이 급하다면 냉동실에 느긋하다면 냉장실에 넣고 두어 시간을 기다린 뒤 먹는다.

| 약과 |

1. 그릇에 밀가루를 붓고 참기름과 조청을 뿌린 뒤 섞어주며 반죽한다.
2. 약 한 시간 정도 휴지시킨다.
3. 준비된 도마에 반죽을 놓고 밀대로 밀며 네 번을 접어주며 반복한다.
4. 칼로 원하는 대로 모양을 낸다. 이때 모양틀이나 다식기가 있으면 좀 더 예쁘게 만들 수 있다.
5. 프라이팬 두 개를 준비해 식용유를 붓고 한쪽은 뜨겁게 한쪽은 중간 정도로 달군다.
6. 중간 정도로 달군 프라이팬에 반죽을 넣고 튀긴다. 어느 정도 초벌이 되었다 싶으면 뜨거운 프라이팬에 옮겨 담고 마무리를 짓는다.
7. 기름을 살짝 빼고 조청으로 버무린다.
8. 고명을 얹어주고 식힌다.

우리 아빠는 내가 만든 음식을 남에게 권한 뒤 “맛있죠?”라고 물어서는 안 된다고 하셨다. 그러면 진실한 대답이 나오지 않는다면서. 인정한다. 솔직히 객관적인 평가는 어렵다.

완성된 약과와 식혜를 먹으면서 신랑에게 “맛있지?”라고 연신 묻는 나의 주관적인 감상을 좀 쓰자면 실제로 파는 것과 식감이나 맛이 거의 똑같았다. 게다가 약과는 수제가 아니면 약간의 쩐내와 느끼한 맛이 날 수 있는데 그런 건 전혀 없었다. 좋은 재료를 아끼지 않고 팍팍 쓰며 만들자마자 바로 먹어서일 수도 있다.

전통다과를 직접 만들어 본다는 게 신기했는지 만드는 내내 웃음꽃이 피었다. 엿기름은 구수하고 조청은 산뜻했다. 엿기름이나 조청 같은 재료는 평소에 구경한 적도 별로 없거니와 장바구니 필수구매 목록에 거의 이름을 올린 적이 없지만, 다시 전통다과를 만들지 않는다고 하더라도 조청은 구매할 의사가 있다. 푹푹 퍼먹기 위해. (단, 엿기름은 안 되겠다……. 이건 가루에 가깝다.)

그리고 하나 더, 전통다과이기는 하지만 맛은 현대에도 아니 미래에도 통할 것 같다는 생각이 들었다. 식혜는 식감 때문에 외국인들 입맛에도 맞는다고는 장담할 수 없지만, 약과는 좋아할 것 같다. 달달하니까. 다음에는 약간의 변형을 주어 다양한 종류를 만들어 볼까 한다. 유자청을 넣은 유자약과와 녹차가루를 넣은 녹차약과를 말이다. 그때는 전통다과를 만들고 기다리고 맛보는 즐거움을 여러 사람과 나누고 싶다.

잃어버린 대화와 사색을 찾아서

언젠가부터 대화를 잃었다.

나와 신랑은 연애할 때부터 미주알고주알 서로의 이야기를 다 터놓고 하던 사이는 아니지만 그래도 막 알아가는 연인들처럼 어떻게 살아왔는지 어떤 걸 좋아하는지 어떤 미래를 꿈꾸는 지를 말하곤 했다. 대부분은 내가 가끔은 신랑이 직접 말하기 힘든 내용은 쪽지에 적어 살포시 전달하기도 했다. 결혼을 하고 한 집에서 얼굴을 맞대고 살면서 편해진 사이가 되자 우리 사이의 대화는 점점 사라졌다.

"잠들기 전에 어떻게 하루를 보냈는지 정도는 서로 들려주자. 최소한 그것만이라도."

하지만 일주일에 두어 번은 야근으로 밤 10시가 가까워 퇴

근하고 한 달에 한 번쯤은 주말 출근을 하고 두어 달에 한두 번쯤은 주말 워크숍에 참석하는 남편은 베개에 머리를 대는 순간 곯아떨어지곤 했다.

그렇지 않을 때는 하루의 독을 풀기 위해 스마트폰으로 게임에 열중했다. 그런 그에게 내심 서운하면서도 나무랄 수만은 없었다. 나도 똑같이 겪어봤던 일이니까.

그래도 주말에 데이트다운 걸 한답시고 카페 투어를 가면 커피가 나올 동안만이라도 이야기를 좀 나눴으면 했다.

"이 집 커피는 딴 데보다 신맛이 덜해서 딱 내 스타일인 거 같아."

"뭐 괜찮네. 여기는 올 때마다 주차할 만한 데가 많아서 부담이 없어."

시답지는 않아도 이런 말을 주고받으며 시간을 보내고 싶었다. 그러나 어느 순간 그 두어 마디가 전부였다. 주문한 라테와 스무디가 나올 때쯤이면 우리는 각자의 스마트폰으로 얼굴을 떨구고 각자의 볼 일에 열중했다. 누군가 이번엔 어디 갈까 하고 물으면 대답은 인터넷 검색 결과로 대신하는 꼴이었다. 긴 대화는 고사하고 건설적인 이야기는 이미 우리 사이에 존재하지 않았다. 이건 누구 탓도 아니었다. 스마트폰에 너무 익숙해진 탓이었다. 나도 그걸 적극적으로 이용하는 편이었고 그게 우리 둘 나아가 사람과 사람 사이를 오히려 멀게 한다는 걸 인식조차 하지 못하고 있었다.

일주일에 하루, 디지털 디톡스를 하는 날에는 남편도 일부 동참을 한다. 내가 텔레비전을 볼 수도 팟캐스트를 들을 수도 스마트폰도 할 수 없으니 심심한 아내에게 맞장구를 열심히 쳐주어야 한다.

"나는 자기한테까지 이걸 강요하고 싶지 않아. 나 때문에 하고 싶지 않은 걸 억지로 해야 한다는 건 폭력이라고 생각해."

함께 보내는 하루가 쌓이면서 시작된 변화는 스마트폰의 작은 창 대신 세상이라는 넓은 창을 보면서 쉽게 지나쳤던 것들이 눈에 들어오기 시작했다.

그게 대화의 시발점이었다. 이미 말라 죽어버려 절대 살아날 수 없다고 생각한 그 물꼬가 트였다. 대화 내용은 사소하기 짝이 없고 흐름이라는 것은 어디로 튈지 모르지만.

한 번은 송도에 있는 북카페로 향하면서 얼마 전에 들은 청설모가 갑자기 떠올랐다.

"근데 청설모랑 다람쥐가 뭐가 다른 거야?"

"청설모는 회색 털에 갈퀴가 좀 있고 다람쥐는 갈색 털에 두

줄무늬가 있을걸?"*

"그걸 어떻게 알았어?"

"이거 다 아는 거 아니야?"

시골에서 유년기를 보낸 신랑은 나보다 식물이나 동물 구분을 잘하곤 했다. 도시에서만 자라 자연에 대한 지식이라고는 빈약하다 못해 일천한 나로서는 맞는지를 확인해 볼 수 없지만 말이다.

그렇게 도착한 목적지. 그 앞에는 거대한 빌딩과는 정반대로 너른 갈대밭이 펼쳐져 있었다. (사실 정확한 정체는 모른다. 그냥 내가 그렇게 추측한 것일 뿐)

"이거 갈대 맞지? 근데 갈대랑 억새랑 뭐가 달라?"

"같은 거 아닌가? 끝이 어떻게 생겼냐에 따라 부르는 거 아니야?"**

"여기 숨기 딱 좋겠다. 들어가면 안 보이겠는데?"

"저기 앞에 서봐."

---

* 실제로 신랑이 한 말이 대부분 맞았다. 청설모와 다람쥐는 비슷하게 생기기는 했지만 다른 점이 많다. 청설모는 줄무늬가 없고 다람쥐는 줄무늬가 있다.

** 이번엔 좀 틀렸다. 억새와 갈대의 차이는 속이 차 있느냐 비어있느냐는 점. 그런데 갈대와 억새는 아무리 봐도 구별하기가 좀 어렵다. 아직도.

그런 나를 신랑은 갈대밭으로 밀어 넣으려 했다. 장난이라고 배시시 웃으면서.

사실 평소 같았으면 눈여겨보지도 않았을 거다. 도착하기 전에 어떤 메뉴가 있는지 가격은 얼마인지 알아보기 바빴을 거다. 그리고 정확한 위치에 차를 대고 말없이 누가 먼저 도착하는지를 겨루듯이 재빨리 걸어 들어갔을 거다.

시답지 않은 대화라도 반가웠다. 이날은 책을 앞에 두고 어렵게 틔운 대화의 물꼬를 이어나가려고 애를 썼다. 사실 발버둥 치지 않아도 말은 흐름을 타고 우리 둘 사이를 비집고 다녔다.

원래 나는 이런저런 생각에 빠져 시간을 보내는 걸 좋아했다. 과거형으로 표현하는 건 어느 순간 자기 전 스마트폰으로 SNS를 하고 잠들기 직전에는 팟캐스트를 틀어놓으면서 그 습관이 그 버릇이 깡그리 사라졌기 때문이다. "잠들기 전이야 잠깐이니까 괜찮지 뭐."라고 생각할 수 있지만 더 큰 문제는 어딘가를 오갈 때 사람들을 관찰하고 나름대로 상상하며 이야기를 만들고 기록하던 버릇까지 사라졌다. 목적지에는 정확하게 도착하되 거기까지 어떤 사람들이 어떤 장소가 어떤 이야깃거리가 나를 스쳐 갔는지 전혀 기억하지 못했다. 그걸로 기사를 쓰던 내게는 큰 문제였다.

갑작스레 내리는 비 때문에 장사를 공쳤다는 상인의 혼잣말에 밥벌이의 고단함을 느끼며 마음으로 같이 울던 나는 어느새 사라졌다. 송내역에서 노래를 부르듯 구호를 외치며 전단을 나눠주던 아주머니의 태도에 나 자신을 반성하던 모습도 어느새 자취를 감췄다.

그게 못내 아쉬웠지만 한 번 물든 문명의 편리함을 내쫓기란 쉽지 않았다. 그러다가 일주일에 한 번 디지털 디톡스를 하면서 적어도 하루 정도는 다시금 그런 기회를 가질 수 있게 되었다.

거기에 일부러 불편함을 선택해보기로 했다. 차로 가면 갈아탈 필요 없이 절반의 시간이면 충분한 거리를 버스를 두 번 갈아타고 한 시간이 넘게 걸려 가봤다.

나는 원래 걷는 걸 극도로 싫어하고 서서 가는 걸 못 견뎌 하는 사람이다. 조금 더 덜 걸어서 도착할 수 있는 최단거리와 루트를 고민하고 항상 빈자리를 잽싸게 캐치하기 위해 촉각을 곤두세운다. 앉을 수 있는 자리가 생기면 엉덩이부터 밀어 넣고 보는 억척스러움도 마다하지 않는다. (단, 노약자석과 임산

부석은 빼고. 아무리 궁해도 양심은 버리지 않는다) 그런 내가 걷고 또 걷고 육교를 건너고 돌아가는 수고를 일부러 하겠다니. 이날은 버스를 기다리는 동안 스마트폰도 볼 수 없으니 미리 책도 한 권 챙겼다. 그리고 가는 길을 검색해 볼 수도 없으니 전날 밤에 미리 갈아타야 할 버스노선과 정류장 그리고 이동 거리도 확인해 두었다. 그렇게 나선 길에서 나는 충분히 생각하고 읽고 보고 느낄 수 있었다.

육교를 건너는데 어떤 아저씨가 움직이는 강아지 인형을 팔고 계셨다. 그 모습에 흠칫 놀랐던 건 내가 몇 년 전 그 자리에서 똑같은 인형을 산 적이 있기 때문이었다. 강아지를 키우고는 싶은데 집안의 반대가 너무 커서 지나가는 길에 눈에 띄는 인형을 샀던 기억. 지금은 그 장난감과 꼭 닮은 반려견을 키우고 있다.

'아, 내가 정말 강아지를 키우고 싶어 했구나.'

엄마는 나에게 물건을 파는 사람이야말로 거상이라고 했을 정도로 미니멀 라이프를 추구하는 터라 성인인 내가 길에서 오천 원을 주고 움직이는 강아지 인형을 산다는 건 있을 수 없는 일인데 그만큼 그 마음이 절실했나 보다.

그런 시기를 거쳐 반려견을 키우고 있다는 사실과 더불어

지금은 하얀색과 갈색 털이 섞인 새로운 버전의 인형도 판매한다는 사실까지 알게 되었다. 내가 스마트폰을 들여다보고 있었다면 몰랐겠지. 그 추억을 떠올릴 기회를 가질 수 없었을 거다.

자꾸만 꼬리에 꼬리를 무는 잡생각 (거창하게 말해서 사색)을 비엔나소시지처럼 주렁주렁 달고서 목적지에 도착하고 보니 여행을 한 것 같다는 생각이 들었다.

어딘가를 가기 위해 시간을 버린 게 아니라 여기에 오기까지 시간을 벌었다는 느낌. 나쁘지 않았다. 좋았다. 앞으로도 그만두기 전까지는 종종 이렇게 헤맬 생각이다. 그게 낯선 거리든 내 머릿속이든.

책의 요람에 몸을 누이다

날씨가 쌀쌀해졌다.

따스운 양말이 없이는 커다란 목도리 없이는 두툼한 롱패딩이 없이는 집 나서기가 겁나는 시즌이 찾아왔다. 겨울이 되니 사실 이불 밖은 너무 무서울 뿐이고 새로운 걸 시도하기에는 이미 집순이 체제가 가동 중이다. 그래도 일주일에 하루는 디지털 세계를 벗어나 새로운 걸 시도하고 경험해보겠다는 다짐은 잊지 않았다. 대신에 밖에서 뭔가를 하기보다는 따뜻한 실내에서 실천을 이어가기로 했다.

사실 내가 텔레비전도 인터넷도 스마트폰도 라디오도 팟캐스트도 끄고 생활하기로 했을 때 내 머릿속에 떠오르는 것들이 몇 가지 있었다. 그중에 하나는 바로 북스테이였다.

디지털 디톡스를 하기 전에 춘천으로 북스테이를 다녀온 적이 있다. 그때는 책을 보면서도 자유롭게 스마트폰을 사용하고 팟캐스트를 듣기도 했다. 하지만 이번에는 오로지 책에만 집중해야 하는 상황이다. 이번 여행에는 책을 좋아하고 명상을 즐기는 두 명이 함께하기로 했다. 이 여정은 약간은 불편한 길이 될 터였다. 셋 다 뚜벅이니까. 그래서 더 마음에 들었다. 목적지까지 되도록 천천히 불편하게 가보자는 게 디지털 디톡스와 어울리기도 하니까 (그렇다고 해서 자전거를 타고 칼바람을 뚫고 파주에 갈 생각은 1도 없었지만 말이다).

아무튼, 우리의 느린 여행이 시작되었다. 내가 사는 인천에서 목적지인 파주 출판단지는 한 번에 가는 교통편이 없다. 온갖 방법을 알아본 결과 두 가지 옵션이 있다. 광역버스를 타고 서울로 가서 다시 한번 광역버스를 타는 것과 인천지하철을 타고 공항철도로 갈아탄 다음 경의 중앙선으로 다시 한번 갈아탄 다음 택시를 부르는 방법. 사실 전자를 선호하기는 했으나 30분에 가까운 배차 간격이 마음에 걸렸다. 잘못하면 방패막 하나 없이 다음 버스가 올 때까지 오들오들 떨면서 기다릴 수 있으니 조금은 번거롭고 귀찮고 힘들어도 지하철을 세 번 갈아타는 방법을 선택했다. 셋의 출발지는 모두 달라 목적지에서 만나기로 했다.

애초에 출발할 때부터 디지털 디톡스를 실천하려 했으나 여럿이서 움직이기로 했기에 민폐만 끼칠 수 있어 숙소에 도착해서 체크인하고 난 뒤부터 체크아웃하는 다음 날까지를 목표로 삼았다. 길치에 방향치인 내가 길 잃은 확률이 거의 제로에 수렴하는 플랫폼에서 길을 잃었다. 일부러 의도한 것도 아닌데 한 시간에 한 대만 온다는 승객이 하나도 없는 급행 플랫폼에 서서 커피를 뽑아먹는 여유까지 부리다 1~2분 차이로 차를 놓칠 뻔한 것이다. 마치 언어가 전혀 통하지 않는 외국에서 환불이 불가한 비행기를 놓칠세라 패닉이 된 상태로 친절한 안내판을 뒤늦게 발견해 어렵사리 파주 출판단지에 도착했다.

3시가 조금 넘어 체크인을 한 우리는 짐을 풀고 지혜의 숲이라는 도서관을 구경하기 시작했다. 그리고 그와 동시에 나의 디지털 디톡스도 시작되었다.

천장 꼭대기까지 들어차 있는 서가는 존재만으로도 압도적인 풍경이었다. 책이 빼곡한 모습을 보는 것만으로 진 빠졌던 여정에 새로운 기운을 충전 받는 기분이 들었다. 평일이지만 사람은 적지 않았다. 그 모습에 혼자서 다소 위로를 받았달까? 요즘 들어 독서인구가 감소한다는 이야기를 하도 많이 들어서 여전히 책에서 길을 찾고 위안을 받고 꿈을 꾸는 내가 멸종위기의 생명체 같다는 생각을 했기 때문이었다. 물론 도서관을 찾는다는 게 실질적으로 책을 구입하고 읽는 행위로까지 이어진다는 걸 보장하지는 않지만 그래도 좋았다. 혼자가 아니어서.

책을 먼저 뽑아 들고 싶었지만, 몸을 좀 녹여야 했다. 얼어붙은 손발을 따뜻한 커피 한 잔으로 녹여주었다. 그보다는 이 공간에 함께 한 이들과 책과 인생에 대해 진지하게 이야기를 나눌 수 있다는 게 큰 온기로 다가왔다.

여행에 함께한 이들과 오래 알고 지낸 사이는 아니었다. 우연한 계기로 책이나 뜻이 있는 여행에 관심이 있다는 걸 알게 되었고 혹시라도 성향이 달라 문제가 생겨 서먹해질 가능성에도 불구하고 떠나자고 내가 먼저 손을 내민 터였다.

사실 긴장을 많이 했다. 전날까지도 걱정이 앞섰다. 느리고 게으른 여행을 좋아하는 나의 기호가 나머지 두 사람과 잘 맞는다는 보장이 없어 일단 계획까지는 아니더라도 가이드라인을 짜서 공유했다.

체크인한다.

잠깐 구경을 하고 커피를 마신다.

밥을 먹는다.

본격적으로 책을 읽는다.

방으로 옮겨가 이야기를 나누다 잠든다.

이튿날에는 숙소 앞 북카페에서 브런치를 먹는다.

이게 끝이다. 남들은 벌써 대여섯 개는 욱여넣었을 일정이지만 나에게는 이 정도가 최선이다. 우리는 다행히 마음이 맞았다. 큰 불만 없이 이견 없이 이대로 시간을 착착 흘려보냈다.

24시간 운영한다는 도서관 로비에서 책을 골라 읽었다. 나는 두 권을 집어 들었는데 다 읽고 두 권을 추가로 더 골라왔지만 추운 날씨 탓에 콧물이 쉼 없이 흘러내려 (이건 과장을 좀 보탠 표현이다. 오해 없기를 바란다. 나는 원래 조그만 것도 크게 표현하는 경향이 있단다. 우리 엄마의 말에 의하면 말이다) 두 시간 만에 객실로 올라갔다. 꽤 오랫동안 관심을 둔 작가의 책이 객실 비치용으로 살포시 놓여있었다.

'내일 일어나서 창문을 통해 빛이 환하게 들어올 때 읽어야지.'

스탠드가 없는 터라 마음으로만 점찍어 둔 채 이야기를 이어나가다가 늦게 잠들었다.

텔레비전이 없는 객실이란다. 파티도 없는 곳이란다. 주변에는 출판사 건물만 그득한 곳이란다. 유흥과는 거리가 먼 도심 속 산장 같은 곳이란다. 그러니 소음이란 게 있을 리 없다. 이야기를 멈추고 가만히 누워 천장을 바라보며 그대로 있었다.

아주 친절한 암흑과 낯선 공기로 꽉 채워진 아주 소담한 이 방. 침대 대신에 두꺼운 요 위에 누우니 더 바랄 것이 없었다. 책을 많이 읽지는 못했지만 둘러싸여 있는 것만으로도 몸이 좋아지는 느낌이었다. 책에서 피톤치드가 뿜어져 나올 리가 없는 데도.

사실 독서량만 따지고 봤을 때는 북스테이랑은 조금 거리가 있긴 했다. 하지만 여행에 함께 해준 두 사람의 속 깊은 이야기를 들었다. 띄엄띄엄 알고 지냈고 여러 자리에 함께하기는 했지만 이렇게 지극히 개인적인 이야기를 나눈 건 처음이었다. 금방 휘발되고 마는 그런 가십이 아니라 삶의 모토나 살아가는 이유 앞으로의 바람 그리고 담아둔 상처를 내보였다. 큰 위로를 건네지는 못해도 이런 밀도 깊은 이야기를 나눌 수 있다는 것만으로도 마음이 꽉 차는 듯했다. 책은 많이 읽지 못했지만, 책 덕분에 사람책을 읽게 되었다.

잠자리가 바뀌어선지 팟캐스트를 듣고 싶다는 생각이 너무나 간절했다. 하지만 꾸욱 참았다. 아주 소심하면서도 조용한 나만의 사투를 벌이다 까무룩 잠이 들었다.

이튿날, 잠에서 깨자마자 책을 집어 들었다. 어제 찜해두었던 작품을 한 장 두 장 넘겨보며 바닥에 철퍼덕 앉았다. 따뜻한 햇볕이 창 너머 깊숙이 쏟아지고 몸에 닿는 마룻바닥의 감촉이 좋았다. 여기에 내 기대에 딱 맞아떨어지는 책까지 함께였다.

『박훈규의 오버그라운드 여행기』는 좀 특이한 여행을 담고 있다. 유명한 관광명소보다는 숨겨진 아트스팟을 찾아 누비는 여정에 관한 내용인데 런던 곳곳의 메시지가 담긴 그라피티는 무엇보다 인상적이었다. 아직 가보지 못한 곳이었지만 방문하게 된다면 그의 발자취를 쫓으리라 마음먹었다.

사실 박훈규 작가는 꽤 알려진 예술가다. 하지만 그의 이력은 좀 독특한 구석이 있다. 고등학교를 중퇴하고 노동자로 살기로 한 그는 여러 곳을 전전하며 사회에 발을 담갔고 그 후에는 무일푼으로 해외에 나가 그림을 그리며 더 넓은 세상을 만났다. 그게 바로 전작인 『박훈규의 언더그라운드 여행기』의 내용인데 그 책을 도서관에서 읽고 나서 너무 부러워했던 기억이 난다.

내가 가지지 못했고 앞으로도 가지질 못할 담대함과 솔직함 때문이었다. 여기서 이렇게 다시 그의 다음 책을 만나게 되니 반가웠다. 미처 다 읽지 못한 페이지는 사서 읽기로 했다.

이제 체크아웃할 때가 되었다. 간단한 척추 운동을 하고 짐을 꾸려 나와 아쉬운 머묾에 작별을 고했다.

책의 향기를 조금 더 오래 느낄 수 있었으면. 그 영향으로 조금 더 나은 글을 쓸 수 있었으면.

우리가 행운의 여신 편에 섰는지 그 후에 방문한 북카페도 좋았다. 곳곳에 철학과 취향을 잔뜩 담아놓아 책도 구경하고 여행의 마지막을 아쉽지 않게 마무리할 수 있었다. 조금 더 조금 더 하다가 엉덩이를 간신히 떼고 볕이 잔뜩 들던 늦은 오후, 우리는 인천으로 돌아갔다.

감탄할 만한 절경도 짜릿짜릿한 놀거리도 혀끝을 자극할 맛집도 없었지만 나는 좋았다. 비싼 돈을 치르고 떠난 해외여행 때보다 좀 더 충만한 마음으로 아쉬운 발걸음으로 돌아왔다면 누군가는 서운하려나?

텔레비전 없이 스마트폰 없이 라디오도 팟캐스트도 없이 인터넷을 첨단 세상을 떠난 그곳은 참 좋았다. 책의 요람에 몸을 뉠 수 있어서.

디지털 폭식

위기가 찾아왔다.

디지털 디톡스를 하는 반년 동안에는 무슨 일이 있어도 쉽게 포기하지 않겠다는 다짐이 와르르 무너지는 순간이었다. 좀 더 구체적으로 상황을 설명하고 사정을 말할 수 있으면 좋겠지만 그럴 수가 없음을 양해 바란다.

그저 에둘러 이야기해보자면 그간 마음은 엉망으로 마구 쌓아놓은 젠가와 같았다. 아니라는 걸 알면서도 다시 처음부터 쌓을 수도 없고 그렇다고 무너뜨릴 수도 없어 내 안은 갈기갈기 찢겨 나부끼고 있었다. 시간은 몹시도 느리게 흘러 1분 1초를 세는 지경에 이르렀고 낮이고 밤이고 눈물이 흘러 멈출 수가 없었다. 베갯잇을 적신다는 옛말 그대로였다. 내 마음을 풀

곳조차 없었다.

나는 아주 조금만 아파도 동네방네 떠들며 알아달라고 하는 성격으로 힘든 일이 있으면 주변 사람들에게 말하지 않고서는 못 배기는 사람이다. 하지만 이번에는 그저 속으로 삭일 수밖에 없었다. 미리 잡아놓은 스케줄만 아니면 책상 밑에 구부리고 앉아 도망치고 싶었고 벽을 보고 돌아앉아 세상을 피하고 싶었다.

하지만 이 죽일 놈의 책임감. 다리가 부러져도 교통사고가 나도 기어서라도 약속은 지켜야 한다는 생각에 취소하거나 연기하지 않고 웃으며 일을 마쳤다. 집으로 돌아가는 내내 아무 생각없이 창문에 기대어 찬 기운을 느끼며 그 자리에 없는 듯 앉아 숨만 쉬고 있었다.

상황이 이러다 보니 일주일에 꼴랑 한 번밖에 하지 않는 디지털 디톡스가 점점 부담스러워지기 시작했다. 애초에 그냥 디지털 문명을 피해 시간만 죽이면 된다는 취지로 시작한 게 아니라 아날로그 삶에 좀 더 가까이 접하고 자연을 느끼고 새로운 것에 도전하고 사람들과 만나자는 의도를 가지고 시작했기에 더 힘들었다.

온종일 누워 억지로라도 잠만 자고 싶었다. 책을 읽을 수도 없었고 틀어놓은 영화에도 집중하지 못하고 사람 얼굴을 보고 있는 것조차 고역이라 도저히 약속을 지킬 수 없겠다는 생각이 들었다. 그래서 나를 위해 한 주 쉬어가기로 했다. 다음 주에는 모든 문제가 해결되고 마음이 싹 치유가 된다는 장담은 할 수 없지만 지금 상태는 십자인대 파열을 안고 그라운드에서 전후반에 연장전까지 치르는 꼴이었다. 나는 그렇게 좀비모드로 전환했다. 살기 위해서.

적막한 공간에서는 시계 소리가 더욱더 또렷이 들리는 것 같고 매시각을 세고 있을까 봐 무섭고 두려워 텔레비전을 온종일 켜 두기로 했다. 보지 않고 집중하지 않아도 저 언저리에서 들려오는 목소리는 충분히 나를 달래는 효과가 있었다. 나와 상관없는 삶이 펼쳐지는 걸 수수방관하고 있자니 내 고민에서도 조금 멀리 떨어져 나가는 기분이었다. 보지도 않는 프로그램을 켜 두는 게 지겨워질 때쯤이면 팟캐스트를 틀어놨다. 잔잔하고 조용조용한 목소리 대신에 여럿이서 시끌벅적하게 떠드는 프로그램을 일부러 골랐다. 한 에피소드가 끝나고 다음으로 넘어가고 리스트가 끝이 날 때까지 나는 소리에 의지해 문명에 의지해 숨을 골랐다. 머릿속을 비워냈다. 그것도 약발이 떨어질 무렵에는 SNS를 탐닉했다. 사진과 글이 눈에 들어오지 않아도 스크롤을 휙휙 내리며 나와는 상관없이 세상은 잘 돌아간다는 뻔한 이치를 다시금 깨달았다. 그렇게 나는 온종일 디지털 폭식을 하며 시간을 죽였다.

사회생활을 시작하고 난 뒤부터 위가 좋지 않아져서 매운 음식을 잘 먹지 못한다. 위염과 위궤양을 번갈아 가며 앓고 좀 나아졌다 싶을 때면 역류성 식도염으로 고생을 해 결국에는 속 쓰림을 달고 지내야 했다. 칼칼한 제육볶음도 알싸한 김치도 상태가 심해지면 멀리할 수밖에 없었다. 그런 내가 통증을 감수하고서라도 매운 떡볶이를 찾을 때가 있다. 당시에는 알아채지 못했어도 돌이켜보면 스트레스가 극에 달했을 때였다. 혼자 밤늦게 가게를 찾아 제일 매운맛을 시켜 입에 넣고 퍼붓듯이 먹고 나야만 그 이튿날 다시 기운을 내 일을 할 수 있었다. 그렇다고 문제가 해결된 건 아니지만. 생각해보면 지금 상황은 그것과 몹시 닮아있는 것 같다.

평소와 다른 엉망진창인 내 모습을 마주하고 있지만, 생각이 바뀐 것은 아니다. 포기한 것도 아니다. 잠시 숨을 고르고 쉬어가는 것뿐이다. 그렇게 하지 않으면 삶이 통째로 무너져 내려 더는 아무것도 계속할 수 없으니까. 결국엔 디지털 디톡스를 오래 하기 위해 그 약속을 잠시 어긴 꼴이 되었다. 가끔은 벼랑 끝에 몰렸다고 생각한 순간 내 힘으로는 아무것도 할 수 없을 것 같은 순간에 디지털은 유용했다. 내가 생각하지 않아도 내가 움직이지 않아도 사람과 대면하지 않아도 지루할 틈 없이 시간을 흘려보내 주니까.

어쩌면 다시 기대게 되는 순간이 올지도 모른다. 하지만 꼭 기억해야지. 그건 내가 진정으로 원하는 게 아니며 좀 더 멀리 나아가기 위해 잠시 멈춰서는 거라고. 나는 꼭 다시 돌아올 거라고.

열정과 냉정 사이

* 지금부터 내가 하고자 하는 이야기는 어쩌면 '디지털 디톡스'라는 주제와 상관이 크게 없거나 조금 비껴간 한탄이자 푸념이자 잡념일 수 있음을 알려드린다.

'일주일에 하루, 디지털 디톡스'라는 프로젝트를 해온 지 벌써 4개월 차가 되어간다. 날짜를 세다가 흠칫 놀랐는데 생각보다 시간이 빨리 갔다고 느꼈기 때문이었다.

지난 시간을 잠깐 돌이켜 보자면 첫 달에는 후회의 연속이었고 둘째 달에는 오락가락하며 제정신을 찾지 못했으며 셋째 달에는 적응이 된 듯 보였고 넷째 달에는 비로소 달관의 경지에 이르렀다. 지금은 토요일에서 일요일 자정으로 넘어가는 시간만 되면 알아서 카운트다운하며 휴대폰을 덮어놓는다. 그리고 잽싸게 거실 한편에 꾸며놓은 서재로 가, 책 몇 권을 집어 들고 침대에 비스듬히 어깨를 기댄 채로 독서를 하다가 잠이 든다. 그다음 날에 해야 할 특별한 과제 (나는 디지털 디톡스를 하며 카테고리별로 해보고 싶은 경험이나 가보고 싶은 장소를 열댓 가지 정해놓고 달마다 적어도 한 두어 개씩은 실천하고 있다)가 없으면 느지막이 일어나 집안일을 시작한다. 이때의 마음가짐은 청소는 해야 할 것이 아니라 하고 싶은 것이라는 것. 시간을 보내기에 이보다 적절한 것이 없으니 말이다. 그리고는 북카페에 가서 책을 읽고 커피를 마시고 돌아와 저녁을 만들어 먹고 반려견을 데리고 산책을 하며 여유를 가진다. 마지막으로는 동네 편의점에 가서 신문을 사서 읽으며 새로운 기삿거리와 읽을거리를 발견했다는 즐거움에 환호하며 (이건 백 퍼센트 과장이다) 하루를 슬슬 마무리한다. 12시가 되기 전 마법이 풀리기 전 그림일기를 쓰며 하루를 마무리하고 잠자리에 들기 전 자유를 만끽한다.

별 건 없다. 진짜 별것 없어서 불안하기까지 하다. 하지만 이걸 자연스럽게 받아들이기까지는 나름의 노력이 필요했다. 무엇보다 내가 이 프로젝트를 완수할 자신도 확신도 없어 실

시간으로 연재를 하는 대신에 김치처럼 묵혀놓았다. 이제 이 글을 세상에 내보이는 건 완주할 자신이 생겼기 때문이다. 하하하.

디지털 디톡스를 하며 대부분은 기쁘고 놀라운 날들의 연속이었다. 내가 얼마나 스마트폰에 길들어 있었는지 습관적으로 텔레비전을 찾았는지 팟캐스트를 배경음악 삼아 잠들었는지를 깨달았기 때문이기도 했고 그 때문에 무심코 지나쳤던 것들을 새로이 발견했기 때문이었다. 하지만, 다 좋을 수만은 없는 법.

단 하나 아쉬운 게 생겼다. 지난 주말의 일이다.

아무도 시키지 않았지만 일 년에 한 번 심야식당이라는 이름으로 연말 홈파티를 집에서 연다. 이번에는 에스프레소 머신을 들여놓은 터라 야매카페라는 명칭이 하나 더 붙어 '심야식당&야매카페'가 되었다.

신랑이 요리하고 내가 커피와 티를 만드는 흔한 홈파티지만 그날을 위해 며칠을 집을 꾸미고 몇 시간을 집을 치우는 데 힘을 쏟는다. 그간 뜸했지만 보고 싶었던 이들에게 연락을 돌리고 명단이 슬슬 마무리 지어지면 나는 D-day를 그리며 쓸데

없이 긴장한다. 그냥 지인들과 모여 노는 자리건만 왠지 모르게 분위기를 내가 주도해야 하고 어색하지 않게 배려해야 하고 음식이 입에 맞아야 하고 우리 집에 대해 좋은 인상을 받았으면 하고 이날을 좋은 추억으로 간직했으면 한다는 바람에서 오는 부담감 때문이다. 그래서 나는 될 수 있으면 앞뒤로 일정을 비워놓고 이 행사(?)에만 집중한다.

사실 초대하는 면면들을 살펴보면 내가 긴장을 하는 이유를 알 수 있을 것이다. 참석자끼리는 안면이 없다. 그냥 나를 기준으로 알게 된 사람들을 구슬을 꿰어 팔찌를 만들듯이 불러 모으는 거다. 그러다 보니 처음에는 어색한 기류가 흐른다. 직업병 때문에 그걸 못 참는 나는 스스로 사회자가 되어 자기소개를 나누는 자리를 만들고 한 명 한 명을 콕 집어 소외되지 않게 발언 기회를 준다. 그러면서도 부족한 음식은 없는지 숟가락이나 포크가 부족하지는 않은지 입맛에는 맞는지까지 동시에 살펴야 하니 부담이 되는 건 사실이다. 하지만 모르는 사람들을 한 자리에 초대하는 건 내가 아끼는 사람들이 서로 알아 인연이 되었으면 하는 바람이기도 하고 이런 자리가 아니면 우연히 마주치기도 힘든 바쁘고 넓은 세상이니까.

올해도 어김없이 '심야식당'을 열었다.

토요일 저녁 7시. 초대한 인원은 총 6명. 러시아워를 뚫고 양재에서 합정에서 부천에서 인천에서 모두 찾아와 주었다. 우리부부까지 여덟 명이 모인 이날의 파티는 내 기준에서는 대성공이었다. 준비가 완벽해서가 아니라 게스트들이 서로를 불편하게 여기지 않고 마치 이미 알고 지냈던 사이처럼 농담도 주고받고 질문도 하면서 알아서 수다의 꽃을 피웠기 때문이었다. 심지어 어색할까 봐 준비해놓은 보드게임은 꺼내지도 못했다. 막차 시간 때문에 아쉬워하며 일어나야 하는 1차 귀가 인원들은 마지막에 마지막까지 이야기의 끈을 놓지 않았다. 나머지 인원들도 자정이 되어서야 하루를 넘길 수 없다며 집으로 돌아갔다. 당일 오후 네 시부터 집 청소를 한 터라 몹시 피곤할 줄 알았는데 너무 업된 나머지 피로를 전혀 느낄 수 없었고 잘 마무리했다는 보람과 뿌듯함에 몸이 달아올라 잠을 잘 수도 없었다. 사람들에게 와줘서 고맙다는 인사를 전하고 사진을 좀 더 주고받고 여운을 즐기고 싶었는데 문제는 내가 '디지털 디톡스' 중이라는 점이었다.

열탕에 발을 담그고 있어 두 볼이 뜨겁게 달아올랐지만 어쩔 수 없이 냉탕으로 옮겨가 일부러 열을 식히는 기분이었다. 좀 더 즐기고 싶었는데. 이때까지는 '디지털 디톡스'를 한다는 걸 사람들에게 숨겼지만 (숨겼다기보다는 일부러 막 떠들고 다니지 않았다. 무슨 일이 생겼다 하면 스스로 확성기를 불어대는 내 성격을 안다면 이건 정말 엄청나게 잘 참은 수준이다) 이날은 헤어지는 말미에 슬쩍 공개할 수밖에 없었다.

12시부터 스마트폰을 쓸 수 없으니 단톡방에서 이야기할 수 없다는 나의 말에 어리둥절해 하는 사람들에게 간단하게 내가 하는 게 뭔지를 설명하기는 했으나 그 순간마저도 까끌까끌한 모래를 씹는 기분이었다. 아니나 다를까 하루가 지나고 메시지를 확인했더니 약 29개의 카톡이 나를 기다리고 있었다. 그리고 그사이 내가 심야식당을 하며 바랐던 일이 벌어져 있었다. 원래는 전혀 몰랐던 두 사람이 같은 방향이라 함께 버스를 타고 갔는데 그 와중에 친해졌는지 다음 날 전시회를 같이 보고 밥을 먹었다는 거다. 사진을 올리며 자랑하는 그 소식을 하루 늦게 알았다는 게 늦게 답을 했다는 게 뒷북을 친 것만 같아 씁쓸했다.

일전에 내가 '디지털 디톡스'를 하는 날에는 동굴에 들어가는 기분이라고 한 적이 있다. 그게 사실 좋았다. 고요한 장소에 똬리를 틀고 앉아서 나 자신에게 집중하고 감각을 최대한으로 살리는 기분이랄까? 아무튼, 빠르고 시끄러운 현대사회에서는 쉽사리 경험하기 어려운 여유와 고요함이 있었다. 하지만 이 순간만큼은 그걸 거부하고 싶었다. 디지털 기기를 차단하는 건 좋은 데 인간관계 사이에서 오는 기쁨마저 차단하는 것 같다는 느낌이 들었다. 예전에야 가족과 친척 조금 더 나아가 동네 친구들 정도만 교류하고 지내는 사회였다면 지금은 전국구를 벗어나 전 세계와 교류하는 사회가 아닌가? 일주일에 한 번이기에 망정이지 일주일 내내 '디지털 디톡스'를 했다가는 내가 좋아하는 사람들과의 연결이 다 끊어져 버릴 것만 같다.

참으로 복잡한 시대가 되었다. 사람이 싫지 않은 이상 속세를 떠나고 싶지 않은 이상 디지털 기기를 아예 끌 수 없게 되어버리다니. 하지만 아쉬움을 가지고도 계속해볼 거다. 사람이 귀중하고 인연이 소중하고 우리가 연결되어 있다는 게 더없이 행운이라는 걸 디지털 디톡스를 하며 더 크게 여기게 될 테니까. 떨어져 있을 때 비로소 우리는 빈자리를 더 크게 깨닫게 될 테니까 말이다.

아무도 없는 곳에 다녀왔어

하루만이라도 내 앞을 가리는 것들로부터 떠나고 싶었다. 뻥 뚫린 하늘 탁 트인 시야를 충족시키는 곳이라면 어디든 좋았다. 거기에 가능한 디지털 기기와 멀리할 수 있는 환경이라면 금상첨화! 그리하여 다시 한번 짐을 꾸렸다. 나라는 인간은 매우 즉흥적인 듯 보이지만 실은 무언가를 저지르기 전에 알아보고 또 알아보고 점검하고 또 점검하는 스타일로 이번 디지털 디톡스의 장소도 오랜 시간 점찍어둔 곳이었다.

'강원도 영월'

사실 지난 여름휴가로 강원도를 다녀왔다. 영월은 당일치기로 정선과 태백에서는 각 하루씩 묵으려 했는데 이동 거리가 만만치 않았다. 일단 출발해서 목적지까지만 200km가 넘었고 숙소를 매번 옮겨야 하고 관광지끼리도 거의 30km 이상씩은 떨어져 있어 세 군데를 제대로 다 보기란 불가능했다. 그래서 결국 영월은 빼고 정선과 태백만 여행했다. 하지만 이상하게 휴가 내내 피곤했다. 남들처럼 한여름에도 냉장고 속에 들어앉은 것처럼 시원하다던 동굴탐험도 정원이 끝내주게 아름답다는 카페도 힘에 부쳐 헉헉댔다. (물론 나의 저질 체력을 고려한다면 아주 이상한 일은 아니지만) 남들은 하루 만에 다 볼거리들을 삼일에 걸쳐 야금야금 정복했지만 어쩐지 아주 썩 마음에 드는 코스는 아니었다. 맞다. 그랬던 거다. 조금씩 야금야금 대충대충 훑는 여행은 내 스타일이 아니었다. 그러니 아무리 삼박 사일의 여정일지라도 성에 차지 않았겠지. 진득하니 한 곳에서 며칠을 보냈어도 모자랄 판인데 말이다.

아무튼, 이번에는 그럴 필요가 없었다. 나의 목적지는 오로지 영월 단 한 곳. 게다가 그중에서도 관광지와는 거리가 먼 삼옥리라는 시골 마을이었다. 이곳은 사실 마을이라고 부르기도 좀 뭣한 게 가까운 곳에 집이 하나도 없다. 나의 숙소는 아무도 없는 곳에 있었다. 덕분에 고성방가해도 바닥을 쿵쿵 찧어도 아무도 뭐라 하는 이가 없을 거라고 했다. 물론 장점만 있는 건 아니었다.

텔레비전도 없고 와이파이도 안 터지고 주변에 문명의 혜택을 받을만한 시설은 아무것도 없었다. 남들에게는 이 모든 게 단점으로 다가올 수 있겠지만 나는 정확하게 이런 곳을 찾고 있었다. 그러니 내게는 딱 맞는 장소라 할 수 있겠다.

무엇보다 사방에 높은 건물이라고는 하나도 없이 산과 강과 밭과 들이 펼쳐져 있다. 숙소 앞 통창으로는 소나무 숲이 보인다. 나가지 않아도 안에 앉아만 있어도 자연 속에 들어앉은 것 같은 기분. 사방에서 불어오는 바람을 직격탄으로 맞으며 상쾌한 겨울 향기를 느껴보는 것도 가능. 숙소 바로 근처에 닭장과 축사가 있어 동물을 보는 재미도 있었다. 내 눈을 가릴 것은 하나도 없었다. 덕분에 1박 2일 동안 달고 살았던 안구의 건조함과 뻑뻑함 그리고 작열감은 하나도 느낄 수 없었다.

자연이 주는 즐거움만으로 1박 2일을 꽉 채울 수는 없는 법! 그래서 이번에도 북스테이 숙소를 찾았다. 확실히 서가의 규모가 작긴 했지만, 독립출판물을 주로 큐레이션을 해놓아 확실히 다른 느낌을 줬다. 독특한 매력의 특이한 장정의 책들은 신선했지만 얇아 여러 권을 봐도 시간은 좀체 줄지 않았다. 적어도 열 권을 본 듯하다. 그중에서 기억에 남는 두 권.

『할망은 희망』 그리고 『아무튼, 양말』

인터뷰를 주로 하다 보니까 한 인물을 놓고 긴 시간 이야기를 쌓아가는 것에 대한 갈증이 컸다. 쉽게 말하자면 한 명을 한 달이고 일 년이고 긴 시간에 걸쳐 깊게 알고 그걸 글로 옮기고 싶다는 뜻이다. 하지만 그러기에는 내게 주어진 시간도 지면도 너무 짧았다. 한두 시간 내에 독자들이 궁금해 할만한 것들을 추려 묻고 서너 시간에 걸쳐 옮긴다. (인터뷰이의 숫자나 난이도에 따라 한두 시간의 차이는 있겠지만) 그러다 보니 가끔은 더 이야기를 나누고 싶어도 아쉬운 마음을 누르고 뒤돌아서야 할 때가 있다.

그런데 『할망은 희망』의 저자는 제주에서 오래 산 할머니들을 만나 천천히 깊게 알아간 티가 났다. 로컬피플과 이야기를 나누면 마치 외국어를 듣는 것 같다는 오리지널 제주어도 주석을 달아 해석을 할 정도이니 준비며 그 과정에 얼마나 큰 정성이 들어갔을지 짐작 가고도 남았다. 그래서 페이지를 넘기는 내내 부러움이 가득 섞인 질투가 났다. 나도 이렇게 일을 하고 싶은데. 결국, 내가 기회를 스스로 만드는 수밖에는 없겠구나. 그렇다면 누구를 대상으로 삼아야 할까. 그 사람은 과연 허락해줄까. 그 과정에서 나는 어떤 걸 배우게 될까. 이러한 생각이 꼬리에 꼬리를 물고 이어졌다.

『아무튼, 양말』은 시리즈다. '아무튼, 00'으로 여러 출판사가 합작해 펴내는 책으로 이 책은 이미 알고는 있었지만, 선뜻 손이 가지는 않았다. 그 이유는 당연히 양말에 대한 큰 관심이 없어서다. 하지만 책의 서문을 읽는 순간 감이 왔다. 나는 이 책을 끝까지 다 읽겠구나 하는. 저자가 밝혔듯이 『아무튼, 양말』은 양말을 사랑하는 한 프리랜서 편집자의 일상이야기다. 그 비율이 참 적절해 양말에 대해 큰 관심이 없어도 프리랜서 편집자라는 직업에 대한 큰 이해가 없어도 즐길 만했다.

사회생활을 하면서 겪는 지름신이라는 고질병이 저자에게는 양말구매로 표출되는게 재밌어서 읽는 내내 낄낄거렸다. 하도 돈을 안 써서 우리 엄마는 나를 조막손이라고 부르지만 나도 비슷한 경험이 있다. 누군가가 직장을 그만두고 싶으면 할부로 비싼 걸 지르면 그걸 다 갚을 때까지 다닐 수 있다고 해서 12개월 할부로 백만 원이 넘는 소파를 샀다. 어디에도 정붙이기 쉽지 않던 사회초년생 시절에 말이다. 그러니 저자가 몇만 원이나 하는 양말을 사버린 일화에도 어쩐지 내 맘과 다르지 않은 것 같아 공감이 갔다.

이렇게 읽기만으로 하루를 다 보냈느냐? 그건 아니다.

요즘 들어 디지털 디톡스에 새로 추가한 룰이 하나 있는데 그건 바로 음악감상이다. 앞서 밝혔듯 디지털 기기로 시간을 때우는 건 모두 금지인데 그중에서 하나 아리까리한 게 있었다. 그건 바로 라디오 듣기다. 이걸 두고 신랑과 긴 설전을 벌이기도 했는데 결론은 이렇다. 라디오를 듣는 건 디지털이라고 하기는 어렵지만 기기를 이용해 시간을 때울 수 있다는 점에서는 디지털 디톡스와는 어울리지 않는다. 대신, LP로 음악을 듣는 건 디지털과 관련이 전혀 없어 보이니 허용하자는 것. 그래서 얼마 전 턴테이블을 샀다. 다만, 자동으로 넘어가기와 같은 기능은 없어 정말 20분에 한 번씩은 가서 판을 뒤집어 줘야 한다. 그게 귀찮아서 밥 먹을 때나 커피를 마실 때 잠깐만 틀어놓아 시간을 때우는 효과는 전혀 없다는 게 긍정적인 효과라면 긍정적이랄까.

이 숙소에도 LP가 있었다. 그중에 우리가 좋아하는 재즈앨범도 있어 틀어놓으니 달달 떨리는 그 음색이 일품이었다. 춤을 좋아하는 신랑과 나는 노래에 맞춰 스윙 댄스를 추기도 했다. 아파트에서는 아랫집에서 올라올까 봐 감히 시도도 해보지 못했던 댄스 타임을 갖게 된 것이다.

영월에서의 1박 2일은 참으로 단순했다. 통창으로 소나무숲을 바라보다가 LP로 음악을 듣다가 책을 펴서 보다가 눕다가 일어나 밖으로 나가 차가운 바람을 한 번 쏘이고 까마득한 어둠을 응시했다. 간단하게 라면을 끓여 먹고 다시 멍을 때리고 있다가 글을 쓰다가 잠이 들었다. 아무도 없는 곳이라 그런지 휘휘 부는 바람 소리가 마치 '폭풍의 언덕' 같다는 생각이 들다가도 보일러의 후끈함으로 춥지 않게 잘 수 있었다.

디지털 디톡스를 하면서 자연스럽게 생각이 많아졌다. 고민이 늘어난다기보다는 평소에 마음이 바빠 모른 척 넘겼던 이슈들을 다시 되새김질하게 된다.

그중에 하나는 집이다. 나는 원래 집에 관심이 많다. 태어나서 대부분을 부모님 집에 얹혀살았지만 캐나다에서 공부하는 동안 참 많이도 집을 보러 다녔다.

테이크오버 비용을 사기 치듯이 얹어 내놓은 오래된 집의 방 한 칸 / 카펫이 깔린 최신식 콘도 / 남과 함께 쉐어해야 하는 마룻바닥 스튜디오 / 덴이라고 하는 창고를 방으로 개조한 집 / 럭셔리함의 끝판왕인 이층집 / 돈을 아끼기 위해 이층침대를 놓아 대여섯이 함께 살아야 하는 아파트 / 1층이라고 해서 갔는데 반지하였던 꿉꿉한 방 / 알록달록하게 벽을 칠해놓은 홈스테이 집 / 다 허물어져 가는 것 같지만 마당이 있고 노랫소리가 끊이질 않던 단독주택 / 역에서 1분이면 족할 거리이지만 호스트가 누구인지 알 길이 없던 전대차 집 등등

그때는 그렇게 집을 보러 다니는 게 싫고 지겹고 귀찮았는데 그 시간을 거치고 나니 사람이 사는 공간은 참으로 다양한 모습을 하고 있으며 그 주인을 닮아간다는 걸 배웠다. 그 개똥철학은 한국으로 돌아와서도 여전했다. 아파트에 살고 있으면서도 (물론 내 집은 아니다) 늘 어떤 집에 살고 싶은지 어떻게 하면 살 수 있는지를 과장을 조금 보태 매일 생각한다. 매일 밤 포털사이트의 부동산 코너와 직거래 부동산 커뮤니티를 드나들면서 말이다.

사실 나는 특이한 집을 좋아한다. 그전에 얻은 작업실도 오랫동안 공실이었는데 보자마자 홀랑 사랑에 빠져 계약을 했다. 직사각형 구조라 좁아 보이는 데다가 1층에 가게가 꽤 시끄러웠는데도 좋았다. 왜냐면 작업실 안에 옥상으로 올라가는

계단이 있어 너른 옥상이 바로 내 차지였기 때문이었다. 밖에 나가지 않았는데도 밖에 있을 수 있다는 게 너무 신기했다. 게다가 층간소음도 없고 무엇을 하든 내 자유였다.

나는 그 이후로 내가 원하는 집은 주택이라고 생각했다. 아니면 협소 건물이거나. 마당은 없어도 되지만 옥상은 있었으면 했다. 반려견을 키우는 나에게는 최고의 조건이라고 생각했다.

하지만 그런 집을 사기란 쉽지 않았다. 그 이유는 간단했다. 나중에 잘 팔리지 않아서다. 단독주택을 보러 다닐 때면 부동산 아주머니들은 항상 의아해했다.

"신혼인데 왜 주택으로 이사 오려고 해요? 게다가 아파트 산다며? 젊은 사람들은 주택에서 아파트로 가려고 하는데?"

나의 취향과 개똥철학을 늘어놓는 게 영 그래서 대충 웃음으로 얼버무리고 보러 다니기는 했는데 그때마다 내가 이상한가 싶어 점점 쪼그라드는 기분이었다.

자유가 있는 집이었으면 해요.
내 소유의 나무가 한 그루 있다면 좋겠어요.
강아지에게도 오감이 자극되는 집이었으면 해요.

그 대답을 항상 속으로만 삼키다 이제는 정말로 삼켜서 소멸 시켜 버리기 직전인 상태가 되었다. 그런데 영월에 오기 바로 전 집을 하나 봤다. 작년에 이사를 하려고 부동산 투어를 하다가 주인아주머니가 고쳐서 내놓는다고 한사코 보지 못하게 했던 단독주택이었다. 아들을 주려고 했는데 아파트에서 살고 싶다고 해서 나온 집이 공사가 끝나고 적당한 임자를 찾지 못했는지 매물로 나와 있었다.

방 세 개에 자그마한 거실 하나. 마당은 콘크리트로 마감을 한 상태고 가장자리에 아주 작은 창고가 세 개 있었다. 그리고 그 앞에 앙상한 가지만 남은 감나무 한 그루. 그 순간 "이 집에서 살게 되면 내 소유의 나무를 갖게 되는 건가요?" 하고 물을 뻔했다. 창고 위 계단을 올라가니 너른 옥상이 한눈에 들어왔다. 반은 앞 건물에 가렸지만, 반은 탁 트였다. 도심인데도 시야를 가릴 것이 없었다.

하지만 이 집에는 최대단점이 하나 있었다. 집 앞 주차가 불가능하다는 점. 그 때문에 여러 번 고사를 한 사람들이 있었던 듯했다. 그리고 짐작건대 집을 보여줄 때마다 보일러를 미리 빵빵하게 틀어놓는 거로 봐서는 단열이 잘 안되는 듯도 싶었다. 그리고 골목 끝에서 두 번째 집이라는 점도 한몫하는 듯했고.

혹시라도 직장 때문에 이사를 가게 되면 팔리지 않을 집을 소유한다는 건 말이 안 된다면서 도리질을 하고 이 집은 아니라고 나왔는데 영월에서 나는 뭐에 홀리듯 그 집을 방명록에 그리고 있었다. 아주 자세하게 집 안 곳곳을 속속들이 기억하고 있었다.

'아, 나는 이 집에 내 마음을 두고 왔구나.'

인정하기 싫지만 인정할 수밖에 없는 순간이었다.

겨울의 영월은 텅 비어있었다. 여름이면 래프팅을 하기 위해 동강을 찾는 이들이 싹 빠져 근처 숙박업소도 가게도 죄다 문을 닫았다. 덕분에 제일 가까운 슈퍼가 10km 거리에 있었다. 하지만 덕분에 정말 'no where'에 온 것 같은 기분을 만끽할 수 있었다. 다음번에는 강물이 녹고 녹음이 우거질 무렵 다시 한번 오고 싶다. 그때도 똑같이 디지털 기기는 끄고 책을 읽고 LP로 귀한 노래를 듣고 춤을 출 거다.

아날로그의 손맛

아무리 생각해봐도 나는 몰빵형 인간이다. 이건 내가 만든 신개념으로 고루 균형 잡히게 발달한 사람과는 다르게 모든 능력치가 한 가지에만 집중되어 있으며 나머지는 거의 제로에 가까워 일상생활을 할 때 어려움을 많이 느끼는 사람을 말한다. 특히 일반적으로 쉽게 익히는 기술이나 지식도 습득하는 데 애를 먹으며 살면서 종종 "에이, 그런 것도 못 해?"라는 소리를 듣는다.

말로 하는 것 빼고는 대부분 젬병인 내가 바로 이 타입인데 살면서 잘 못 하는 건 꽤 여럿 되지만 (잠깐만 소개하면 운전이나 길 찾기 그리고 바느질 등) 그중에서도 제일 어이없을 정도로 능력치가 부족한 건 바로 게임이다. "잉? 그게 뭐 어때서

요?"라고 생각하는 사람이 있다면 다시 한번 되새겨주겠다.

학교 다닐 때 생각해봐라. 셋 이상만 모이면 무섭게 시작하는 게 게임이고 수학여행의 밤을 심심치 않게 보낼 수 있었던 것도 게임 덕분이고 어색하기 짝이 없는 대학 초년생 시절을 무사히 나게 해 준 것도 바로 게임이다. 요즘에는 한발 더 나아가 스마트폰과 손가락만 있으면 혼자서도 심심치 않게 시간을 보낼 수 있다.

그런데 나는 매번 이 유용한 놀이의 높은 벽에 가로막혀 번번이 좌절하고 만 것이다. 일단 종류가 어떤 것이든 다 못한다. 술자리에서 자주 애용된다는 3, 6, 9 게임도 어느 정도의 뻔뻔함만 있으면 잘한다는 마피아 게임도 그렇고 하다못해 버튼을 누르고 잽싸게 조이스틱을 움직일 수 있는 능력이 있으면 된다는 갤러그도 못 한다. 게다가 화려한 그래픽을 자랑하는 모바일 게임은 눈 때문에 아예 손조차 못 댄다. 아무튼, 게임이란 게임은 종류와 장르를 가리지 않고 다 못해서 친구들은 내게 심지어 구멍이라는 별명까지 붙여줬다. 한 번은 내가 너무 많이 걸려서 이미 많은 벌칙주를 마시고도 또 들이키게 되자 알아서 빼주기까지 했다. 가끔은 방해가 되는지 내 순서를 건너뛰거나 게임을 하는 내내 일부러 나만 지명하지 않아 따돌림을 당한 것 같은 기분이 든 적도 한두 번이 아니다.

그러다 보니 자연스레 손이 안 가게 되었다. 다 같이 모여 하는 때가 아니면 화제에 올리지조차 않았다. 게임은 내게 그런 것이었다. 그런데 문제가 하나 생겼다. 결혼하고 보니 남편과의 대화가 통하지 않는 것이었다. 신랑은 모바일 게임 헤비 유저다. 아이템 쿠폰을 받기 위해 도시락을 일부러 사 먹기도 하고 같은 길드원들과 채팅방을 만들어 이야기를 나누는 걸 본 적도 있다. 가끔은 같이 게임도 하고 이야기도 나누고 싶은데 나의 이런 의도치 않은 게임 기피증 때문에 자신이 없었다.

그러던 어느 날, 디지털 디톡스하는 날 남편과 보드게임을 한번 해 보면 어떨까 하는 생각을 했다. 여럿이서 해야 하는 술자리 게임 대신에 눈이 아픈 모바일 게임 대신에 종이판을 앞에 두고 단둘이서 진검승부를 벌이는 보드게임을 해보기로 한 것이다.

대학생 때 학교 앞 보드게임방에 가서 젠가나 원숭이 떨어뜨리기 혹은 할리갈리 정도는 해본 적이 있다. 하지만 그건 한때의 유행처럼 금방 왔다가 금방 가버렸으며 당시에도 좀 유치하다는 생각을 했다. 보드게임은 어린아이들이나 하는 놀이처럼 큰 흥미를 느끼지 못했다. 하지만 이번에는 달랐다. 보드게임카페를 다니고 관련 커뮤니티의 글을 정독하고 보드게임 페스티벌까지 방문하면서 그건 선입견이라는 것을 알게 되었다. 생각보다 어른들도 충분히 즐길 수 있는 작품들이 많았다.

교역하던 시대를 배경으로 한 센추리
이집트의 역사와 문화를 알게 해주는 임호텝
7대 문명을 가지고 높은 점수를 획득해야 하는 세븐원더스
마을과 도로를 먼저 많이 지어 자리를 빼앗고 점수를 획득해야 하는 카탄

무엇보다 보드게임은 폭넓은 연령대를 대상으로 하는 경우가 많아 자극적인 일러스트나 요소가 없어 내 취향과 잘 맞았다. 남들은 유치하다고 하는 콩 심는 카드게임인 '보난자'도 재밌기만 했다. 그리고 둘이서만 할 수 있는 '2인플' 보드게임도 간간히 있는데 그중에서 '패치워크'는 자기의 판에 다양한 무늬를 늘어놓고 만들어 감상하는 즐거움도 있다. 가끔 전략 게임을 하면 머리를 뜯고 싸우는 경우도 생긴다는 데 보드게임계의 떠오르는 신흥 국민게임인 '스플렌더'는 그럴 필요가 없었다. 물론 집중해서 보석을 가지고 카드를 얻고 모아서 점수

를 따내야 하지만 남을 견제하기보다는 내 패에 신경을 집중해야 했다. 또 '루미큐브'는 어떤가. 연속되는 숫자나 다른 색깔이지만 같은 숫자인 타일을 모아 누가 더 많이 연결해서 내려놓느냐를 겨루는 단순한 게임 룰 덕분에 전 세계인과도 즐길 수가 있다.

하지만 생각보다 보드게임은 저렴하지 않다. 보통 라이선스를 들여와 판매하는 작품들은 컴포넌트에 따라 다르지만 아무리 저렴하다 해도 2~3만 원대이며 조금 더 희귀하거나 구성물이 많은 경우에는 5만 원을 훌쩍 넘기도 한다. 물론 주력 게임은 한두 개이지만 계속하다 보면 질리는 면이 없지 않아 있어 주기적으로 새로운 게임을 사게 되는데 한창 보드게임에 빠져 있었을 때는 한 달에 10만 원가량을 지출한 적도 있다. 생각해보면 모바일 게임은 즐기는 데 단돈 한 푼 없어도 가능한 데 말이다.

그런데도 보드게임은 끊을 수 없는 매력이 있다. 언제 어디서든지 쉽게 즐길 수 있다는 거다. 심지어 비행기를 타고 해외에 갈 때도 기내에서도 할 수 있다. (단, 주위 사람들에게 폐를 끼치지 않는 매너만 탑재한다면) 그래서 어느 순간 우리는 여행을 갈 때면 항상 보드게임을 한두 개 정도는 꼭 챙겨서 다니는 버릇이 생겼다. 모르는 사람과 대면하지 않고도 손쉽게 할 수 있는 모바일 게임에 비해서 같이 해야 할 사람도 있어야 하고 챙겨서 다녀야 할 것이 많지만 그 아날로그의 손맛이야말로 끊을 수 없는 매력을 지녔다.

요즘도 일주일에 한 번은 게임판을 벌인다. 텔레비전은 끄고 스마트폰은 멀리 던져두고 때로는 바닥에 때로는 테이블 위에 한 상을 거나하게 차린다. 그리고 우리는 얼굴을 마주하고 가끔은 서로의 표정을 살피며 게임 한 판을 한다. 언젠가 좀 더 큰 판을 벌일 그 날을 기다리며 말이다.

남아도는 시간에 하는 일들

편리한 걸 모두 빼고 나니 참 단순한 일상이 내 삶에 찾아들었다. 날씨가 추워짐에 따라 옹색하게 들릴지는 모르지만 색다른 걸 시도하는 대신에 아주 평범하기 짝이 없는 아주 평화롭기 짝이 없는 일상을 제대로 한 번 음미하듯 누려보기로 했다. 그래서 제일 먼저 떠올린 건 바로 만화카페였다.

나와 꽤 친한 사람이라면 알겠지만 여기서 친하다는 기준은 적어도 일 년에 두어 번은 아무 일이 없어도 만나고 카톡으로 할 시답잖은 이야기도 전화통화로 한두 번은 해보았으며 나의 생얼을 여러 번 본 것으로 삼는다. 그리고 이에 부합하는 사람은 한 손바닥의 손가락을 다 꼽았다가 다른 손바닥의 손가락도 꼽을까 말까 한 정도다. 쉽게 말해 다섯 명 안팎이라는 소리.

나의 공식 유니폼은 트레이닝복이다. 그것도 아주 새파란 색에 첼시라는 마크가 크게 박힌 츄리닝. 한 번은 이걸 입고 운전면허 시험을 보러 갔다가 운동선수냐는 소리도 들어봤었고 이 차림에 삼선 슬리퍼만 신었을 뿐인데 고시생이라는 소리까지 들었다. 아무튼, 이 옷차림을 선호하는 이유는 단 하나다. 움직이기에 매우 편해서. 이 패션으로 줄기차게 찾는 곳 중에 단 한 군데를 꼽으라면 바로 '만화방'이다. 지금처럼 칸막이로 나뉜 방이 있고 조리된 음식을 자리로 가져다주고 담배 냄새도 안 나고 안마기까지 딸린 럭셔리한 시설을 자랑하기 전부터 애용하던 곳이다. 당시만 해도 짜장면을 시켜 먹는 아저씨 군단으로 가득 찼던 곳에 유일하게 발을 들인 아가씨는 나 하나였다.

"왜 이렇게 오랜만에 왔어요."

카운터를 지키던 아르바이트생으로 추정되는 아주머니가 한 달 만에 본 내게 건넨 인사다. 크리스마스이브 날에는 혼자 만화카페를 찾았다가 자리가 없어 옆에 딸린 주인 언니의 살림방에 임시로 앉아 귤을 까먹으며 책을 보기도 했다.

아무튼, 이곳은 첨단기기가 없어도 누구나 드나들 수 있는 아날로그의 향이 물씬 나는 그런 공간이다. 한 손으로는 퀴퀴한 냄새가 나는 책장을 넘겨보며 다른 한 손으로는 라면을 후루룩 집어 먹을 수 있는 멀티플이 가능한 곳이기도 하다.

이번에는 너다. 디지털 디톡스를 하기 위해 이곳을 찾았다. 웹툰 대신 만화책. 컬러 대신 흑백.

나와 비슷한 세대라면 공감하겠지만 우리 때는 부모님이 만화책을 보는 걸 좋아하지 않으셨다. 한 번 손을 대면 멈출 수 없어 공부에 지장이 생긴다는 이유에서였을 거다. 부모님 눈치 보느라 빌리지 못할 때는 대여점에 서서 보거나 중고 만화책을 사서 침대 밑에 숨겨두고 봤다. 그렇게 하지 말라는 짓을 수십 년간 했기 때문에 어느 만화카페를 가든 꽂힌 만화책의 면면을 슬쩍 봐도 구색을 갖추기 위해 짝으로 가져다 놓은 장서인지 아니면 진짜로 사장님이 만화 덕후인지까지 파악이 가능하다. 그래서 만화카페에 가기 전에 늘 리뷰를 꼼꼼히 확인한 후에 방문하고 맘에 든다 싶으면 덮어놓고 거기만 줄곧 간다. 그리하여 나에게 낙점된 곳은 부천에 있는 한 만화방. 일단, 장서의 양도 그렇지만 일반 책과 잡지도 꽤 갖춰놓아 어느 걸 봐도 만족스럽다. 게다가 자주 방문하는 나에게는 신간 구비 주기도 비교적 짧은 편이라 딱이다.

이번에 고른 책은 『나와 악마의 블루스』라는 작품. 27살의 나이로 요절한 천재 블루스 뮤지션의 숨겨진 과거를 재해석한 내용으로 20세기 초반과 판타지가 절묘하게 섞여 넘나드는 괴작이었다. (좋게 말해서!) 블루스를 연주할 수 있는 재능을 위해 가족을 버리고 악마와 거래를 한 주인공이 고향을 떠나면서 일련의 소동을 맞닥뜨리게 된다. 그 과정은 사실 논리와는 거리가 먼 이야기라 황당하기도 하지만 정성스러운 그림체며 개성 넘치는 캐릭터가 그러한 단점을 상쇄한다. (하고도 남는다고까지는 모르겠다. 한두 권밖에 보지 못했기에.)

그다음에 고른 책은 『싸울수록 투명해진다』 에세이집이었다. 이미 읽은 적이 있었는데 이상하게 내용이 잘 기억나지 않았다. 아마도 시간에 쫓겨 대충 훑어봤거나 살까 하고 진열된 책을 넘겨본 게 틀림없다. 팟캐스트에서 여러 번 언급되었던 작품이기도 해서 기대가 컸다.

나에게는 아직 와 닿지 않는 부분도 있고 절절하게 이해가 가는 부분도 있고 앞으로 절대 잊어버리면 안 될 부분도 있어 잽싸게 기록해두려고 하는데 아뿔싸 펜이 없다. 얼마나 마음이 급했으면 얼마나 간절했으면 카운터에 가서 볼펜을 하나 빌려달라고 하고 영수증 뒤에다 일부를 적어왔다.

큰돈을 쉽게 만지기 시작하면 나중에 보수가 적은 일은 시시하게 느껴진다. 그렇게 돈이 기준이 되면, 삶의 만족을 돈 아니면 채우기 힘들고 적은 돈으로 행복을 창안하는 일에 무능해진다.

요즘에 내가 하는 고민이기도 했다. 취재하고 인터뷰를 한 뒤 기사를 쓰는 일은 생각보다 품이 많이 들고 에세이를 쓰는 건 큰돈이 되지 않는다. 덕분에 가끔은 원치 않은 일을 맡아서 하기도 하는데 기분이 영 찝찝하다가도 통장에 찍히는 액수를 보면 하길 잘했구나 하는 생각이 든다. 그러나 이내 곧 후회하기도 했다. 그러니 더 와 닿을 수밖에.

이 글귀는 내가 하고 싶은 일과 해야 하는 일 사이에서 고민이 될 때 돈의 액수를 절대적인 잣대로 삼아서는 안 된다는 교훈을 던져줬다. 실천에 옮길 수 있을지는 미지수지만. 나는 아직도 삶의 때를 벗지 못한 사회인인 것이다.

만화방에서 돌아와 남은 시간을 어떻게 보낼까 궁리를 했다. 남아도는 시간에 남아도는 쓰레기를 정리하기로 했다. 사실 그간 주말에 꽤 바빴다. 나만 그런 게 아니라 신랑도 그랬다. 토요일 하루까지 끌어다 일에 쓰고 나면 달랑 일요일 하루가 남는 데 좀비처럼 늘어져 모자란 잠을 청하거나 이불 밖은 위험하다며 누워만 있다가 간신히 배달음식을 먹고서는 절대 미룰 수 없는 분리수거를 하면 주말이 끝났다. (그렇다. 우리 아파트는 분리수거 배출 요일이 일요일 단 하루다. 이날을 놓치면 싱크대 밑이 꽉 차 있는 상태로 일주일을 보내야 한다) 아무튼 그래서 여기저기 방치된 짐이 있는데 이참에 이걸 다 정리해 눈앞에서 다 치워버리기로 했다. 그리하여 시작된 박멸 프로젝트의 주 무대는 바로 세탁실! 가뜩이나 환기가 잘 안 되어서 습한데 거기에 부피가 커서 버리지 않고 모셔둔(?) 베개 솜과 대형 방석이 세트로 두 개씩 나란히 있었다. 게다가 일부는 물에 젖어 시급한 처리가 요구되었다. 100L짜리 대형 폐기물 봉투에 이것들을 담고 문 앞에 임시로 놓아둔 곰팡이가 살짝 슨 휴지 한 세트까지 담고 나니 꽉 찬다. 묶어서 버리기 딱 좋다. 들고 가 내버리니 그렇게 속 시원할 수가 없다. 이제 세탁실은 아주 널찍하고 쾌적하다. 집 앞도 그렇다. 남는 시간에는 남는 쓰레기 버리기가 적격이다. 이게 다 디지털 디톡스 덕분이다.

아날로그로 좀 살아보겠다고 문명의 혜택을 좀 덜 받아보겠다고 시작한 하루의 마무리를 어떻게 지을까 하다가 그림일기를 써보기로 했다. 초등학교 저학년 때 숙제로 해가던 것을 다 큰 삼십 대의 청년이 되어 시키는 이도 없지만, 자발적으로 하루의 일과를 손그림과 손글씨로 기록하기로 했다. 사실 이 생각은 예전부터 하기는 했다. 집에 이미 사다 둔 노트도 있었다.

'맞춤법이나 띄어쓰기가 틀려도 고칠 수가 없잖아. 괜찮을까?'

컴퓨터로 글을 쓸 때는 귀신같이 오타를 알아서 잡아줬는데 아날로그는 그런 게 없다. 그래서 겁이 났다. 하지만 그게 뭐 대수랴. 누군가가 빨간 펜을 들고 내 글을 찍찍 긋는다 해도 그냥 그게 나라는 걸 인정하기로 했다. 그러고 나니 두려움은 사라지고 오히려 설레었다. 오래간만에 날씨와 요일을 표시하니 어린 시절로 돌아가는 것 같았다.

아날로그스러운 하루가 흘러갔다. 그 마침표를 그림일기로 찍었다.

내가 하고 싶은 일과 해야 하는 일 사이에서 고민이 될 때
돈의 액수를 절대적인 잣대로 삼아서는 안 된다는 교훈을
던져줬다. 실천에 옮길 수 있을지는 미지수지만.
나는 아직도 삶의 때를 벗지 못한 사회인인 것이다.

템플스테이를 만나다

산사에서의 하룻밤.

이건 내가 디지털 디톡스를 하기로 마음먹었을 때 리스트에 가장 먼저 올린 일이기도 했다. 꾸미고 가릴 것 없이 단출한 의복 하나를 걸치고 자연스러운 모습으로 가장 조용한 하루를 보낼 수 있겠다고 생각했으니까. 그도 그럴 것이 템플스테이의 숙소에는 텔레비전이 없다. 경내에서는 떠들어서도 안 되고 108배를 통해 몸을 움직이고 명상을 통해 머리를 비우고 대신에 마음을 가득 채운다. 자연과 가까이 위치한 탓에 청명한 공기와 맑은 하늘은 덤! 그리고 그동안 채식에 관심을 두고 있던 터라 단 하루라도 육식을 할 수 없다는 점에 끌리기도 했다.

하지만 아름답게만 포장할 생각은 없다. 휴식형 대신에 체험형을 신청하고 1박 2일을 보내는 게 쉽지만은 않았다. 누가 그랬다. 도시의 삶이 싫어 귀촌을 결심한 사람 대부분은 적응의 어려움을 겪는다고. 나도 그랬다. 이상과 현실은 달랐고 이미 나만의 리듬 그리고 문명의 리듬에 익숙해져 있었다. 무엇보다 제일 힘들었던 건 내가 야행성 인간이라는 점.

템플스테이를 가면 절마다 규칙은 좀 다르지만, 새벽예불은 4시에 그렇지 않더라도 아침 공양 시간인 6시 30분에는 일어나야 한다. 평소에 새벽에 잠든 적은 있어도 새벽에 깬 적은 거의 없다. 4시에 잠들 자신은 있지만 4시에 일어날 자신은 저얼대 없다.

학생 때도 그랬다. 나는 born to be 올빼미족이라 학창 시절 내내 지각자 리스트에 이름을 올렸다. 이상하게 12시에 잠들어도 7시에 일어나는 건 쉽지 않았다. 노력은 했지만 아무리 9시간을 푹 자도 1교시에는 맨 뒷자리에 앉아 의도치 않게 꾸벅꾸벅 졸며 헤드뱅잉을 할 수밖에 없었다. 억울했다.

졸업하고 나서 회사에 다니면서는 그 버릇을 고치기는 했다. 다른 건 몰라도 책임감은 투철한 편인 나는 월요일부터 금요일까지 얼리버드가 될 수 있었다. 하지만 그뿐이었다. 주말에는 리셋이라도 한 듯이 11시가 넘어 눈이 떠지곤 했다. 그리고 어느 순간 인정했다. 나의 생체리듬은 남들과 다르다는 것을.

새벽이 가까울수록 글이 잘 써지는 걸 아무리 애를 써도 바꿀 순 없었다. 신기하게도 밤 12시를 기점으로 플레이리스트가 바뀌는 데 그전에는 힙합이나 댄스곡을 듣는다면 이상하게도 새벽에는 알앤비나 발라드를 듣는다. 때로는 밤이 깊었다는 걸 노래 선곡으로 깨닫기도 한다.

아무튼, 삼십 년을 살며 절대 바꾸지 못한 이 습관을 템플스테이를 하는 동안에는 바꿔야 한다. 이건 단체생활이기도 하고 일단 기꺼이 따르겠다고 마음을 먹고 여기에 왔으니까.

전국에는 수많은 절이 있지만 이번에 내가 고른 곳은 경기도 용인에 있는 한 사찰이었다. 이유는 간단했다. 집에서 1시간이 조금 넘게 달리면 닿는 거리. 게다가 제법 규율이 세다고 했다. 아이들의 경우에는 템플스테이를 하는 동안에는 휴대폰을 쓸 수 없게 한다는 이야기도 들었다. 그래서 나는 입실을 함과 동시에 디지털 디톡스를 실천하기 위해 휴대폰을 꺼두기로 했다. 다행인 건 방에는 텔레비전이 없고 그 어디서도 소음을 찾아볼 수 없어 유혹에 흔들릴 요소가 줄었다는 점!

말로만 듣던 템플스테이를 하던 날, 나는 기대가 너무나도 모옵시 컸다. 그래서 일부러 자제할 정도였다. 기대가 크면 실망이 클까 봐.

입실시간은 3시. 칼같이 맞춰 도착한 뒤 방을 배정받고 안내사항을 들은 뒤 짐을 풀었다. 몹시 소담한 방. 마음에 쏙 들었다. 세간살이라고는 요, 이불, 베개 그리고 옷장뿐이었다. 다른 건 아무것도 없었다. 하지만 시설은 생각보다 최신식이었다. 화장실도 방도 깨끗했다. 무엇보다 영하 14도임에도 불구하고 추위를 전혀 느낄 수 없을 정도로 데워놓은 방바닥은 지글거릴 정도였다. 창문을 살짝 여니 밖의 경치가 살포시 보였다. 내가 상상하던 창호지 문에 서까래가 보이는 방은 아니지만 만족스러웠다. 잠시 이런 호사를 누려도 되나 싶을 정도였다.

"우리 집도 이렇게 하면 안 될까? 침대도 다 치워버리고 세간살이도 다 버리고. 생각해보니 사는 데 꼭 필요한 건 별로 없는 것 같아."

"……."

신랑은 늘 그렇듯 나의 취향은 존중해주지만 나와는 생각이 달랐다. 그것까지 강요할 순 없는 일이었다. 함께 와준 것만 해도 고맙게 여겨야 할 판인데 말이다.

그리고 바로 이어진 프로그램은 생각보다는 빡빡했다. 4시에 다 같이 모여 불교라는 종교와 템플스테이에 대한 설명을 듣고 절을 하는 법을 배웠다.

경내에서는 스님을 뵈면 합장을 할 것. 늘 오른손을 왼손 위에 포개고 배 위에 올려둔 채 걸을 것. 특히 절을 하는 건 이미 다른 종교를 가진 참가자라면 불편하게 생각할 수도 있을 것 같다며 강요는 하지 않는다고 하셨다. 나 역시도 세례를 받은 천주교 신자이지만 그런 뜻으로 받아들이지 않았다. 그 후에는 곳곳을 돌며 시설을 소개해 주셨다. 문화재급의 석탑이 서 있고 인간문화재가 하나하나 직접 그렸다는 탱화는 그 세월과 피땀이 고스란히 느껴져 압도되는 듯했다.

이제는 타종을 경험해볼 시간. 종 주위에 소리를 내는 악기들(?)이 제법 있었는데 모든 생명체의 넋을 기리는 뜻에서 만들어진 것이라 했다. 그래서 불교에서는 가급적 살생을 하지 않는다는 뜻으로 채식을 하는 것일 게지.

커다란 종을 돌아가며 세 번씩 칠 기회를 얻었다. 내게 순번이 돌아온 순간 온 힘을 다해 타종했다.

"댕댕댕댕댕."

그 소리를 도대체 어떻게 표현할 수 있으랴. 아무런 소리도 나지 않는 절에서 나는 유일한 종소리. 깊은 소리가 멀리 퍼져 나갔다. 나는 귀를 열어 그 순간을 간직하고자 했다.

석탑을 돌며 소원을 빌고 법당에 들어 스님들과 예불을 드리는 시간. 그 옛날 문자가 없던 시절부터 구전으로 전해진 터라 모든 말에는 특유의 음률이 있단다. 따라 하며 그 무수한 사람과 세월을 거쳐 전해진 말의 위대함을 깨닫는다.

이제 드디어 하이라이트 시간!

사실 제일 걱정되는 순서이기도 했다. 다른 글에서 몇 번 밝힌 적이 있듯이 나는 하체가 매우 부실하다. 그러다 보니 걷는 걸 제일 꺼리고 아무리 반려견과의 산책을 통해 훈련했어도 아직도 힘이 부족하다. (반면에 상체의 힘은 쓸데없이 세다. 특히 손이 맵다고 한다. 이건 인정받은 사실이다) 그런 내가 108번 앉았다 일어났다를 한다니 벌써부터 통증이 느껴지는 듯하면서 땀이 삐질삐질 나는 듯하면서 갑자기 아픈 것 같아 자리를 피하고 싶은 순간이었다. 하지만 나는 여기에 오지 않았는가. 하루의 휴가를 내고. 참가비를 내고. 1시간이 넘는 거리를 달려서 말이다.

내가 잘못한 것들 그동안 무심코 지나쳤던 것들 생명에 대한 감사한 순간에 대해 깨달음에 대한 말을 들으며 108배가 시작되었다. 중반 정도까지는 말씀 자체에 집중하지 못하고 자세에만 절에만 공을 들였는데 지나고 나니 말씀이 귀에 들어오기 시작했다. 쓸데없이 힘을 빼기 위해 이걸 하는 게 아니라 절 한 번 한 번에 깊은 뜻이 담겨있다는 걸 그리고 고통을 통해 육체를 초월하고 정신에만 초점을 맞추게 된다는 걸 느꼈다. 그렇다고 해서 힘들지 않았다는 건 아니다. 실은 시계도 흘끔흘끔 봤고 거의 막판에 다다랐을 때는 온몸이 축축해지면서 양 허벅지에 고통이 고스란히 느껴졌다. 그날 밤에는 끙끙댔고 다음 날 아침 산행 때는 발끝으로 걸어 다녔고 집에 돌아와서도 장난삼아 내 다리를 올라타고 내려가기를 반복하는 동구에게 화를 내기도 했다. 아, 나는 아직 멀었다.

이후에 바로 이어진 명상은 자신 있었다. 꽤 오래 수련을 해왔다. (고 하면 허풍이다) 직장생활을 하며 힘든 일이 많았다. 구구절절 다 늘어놓자면 에피소드를 한 세 개는 할애해야 할 것 같아 배가 산으로 갈 것 같아 자세히는 밝히지 않겠지만 말도 안 되는 일로 나를 끈질기게 괴롭히는 사람을 만나 두 달간 밥도 못 먹고 잠도 못 먹고 링거를 달고 지낸 적이 있었다. 그

때 처음으로 명상을 추천받았다. 평소에 말 많고 액션이 크고 부산스러운 내가 아무 말도 하지 않고 아무 생각도 하지 않는다는 게 너무 어렵고 힘들었다.

그래서 방식을 조금 바꿨다. 적응될 때까지는 가이드에 따라 호흡을 하고 떠오르는 생각을 알아차리는 데 중점을 두기로 했다. 그래서 내가 도움을 받은 건 스트리밍 사이트의 어떤 DJ가 만든 명상 음원. 그걸 따라서 하다 보면 잠시나마 극심한 고통에서 벗어나는 것 같은 느낌을 음원이 끝나기 전까지는 받을 수 있었다. 그러다 보니 자연스레 자기 전에 찾게 되었고 너무 힘들 때면 점심시간이나 쉬는 시간을 통해 귀에 이어폰을 꽂고 어디서나 짬을 내 하는 경지에 이르렀다.

어느 정도 익숙해졌을 때는 '바디스캔'이라는 걸 하기 시작했다. 침대에 편하게 누워 발끝부터 머리까지의 감각을 느끼고 따뜻함을 온몸에 전달하는 명상법이었는데 이것도 오리지널에서 살짝 바꿔 내 식대로 했다. 뭐든 초심자에게는 정석대로 하기란 어렵다. 아무튼, 그래서 이 스님과의 명상시간은 108배만큼은 힘들지 않았다. 초 모양으로 된 조명만을 켠 채로 들숨 날숨을 체크하며 머릿속을 비워냈다.

마지막으로는 2인이 1조가 되어 오색팔찌를 만들었다. 나를 위해 만드는 게 아니라 파트너가 된 상대방을 위해 만드는 거라 정성을 쏟을 수밖에 없었는데 이때 다시 한번 깨달았다. 나의 손은 역시 폼으로 달렸구나. 의욕의 발끝만큼도 따라가지 못하는구나. 마이너스의 손이라는 명칭이 아깝지 않구나. 나름대로 최선을 다했으나 실 꼬기라는 단순한 미션도 제대로 해내지 못하고 헤맬 때 도움을 받아 어렵사리 완성하긴 했다. 실 다섯 개를 번갈아 가며 꼬는 단순한 노동인데 그 어떤 수식보다 그 어떤 외국어보다 이해가 어려웠다. 그래도 미션 석세스!

이제 밤 9시 30분. 잠자리에 들 시간이 되었다. 몸은 천근만근이고 허벅지는 퉁퉁 불었는데 눈만 말똥말똥하다. 뒤척대다가 방바닥의 온기를 제대로 느끼면 잠이 쉽게 들까 하여 요를 걷고 맨바닥에 뒤집어 누웠다. 별별 생각이 다 들었다.

여기는 왜 온다고 했을까.

과연 내일 새벽에 일어날 수 있을까?

영하 14도에 새벽 산행은 가능키나 할까?

108배가 이렇게 힘든 건 줄 왜 몰랐을까?

대부분은 지친 탓에 보람찬 하루를 보냈음에도 약간의 후회와 의심이 섞인 한탄이었다. 익숙하지 않은 걸 한다는 게 원래 이렇다. 하지만 나는 안다. 디지털 디톡스를 처음 할 때 두 달간은 지옥이었다. 그런데 석 달째에 접어드니 어느새 적응되었다. 아마 템플스테이도 이번만 지나면 괜찮을 거다. 내 마음을 토닥이며 까무룩 잠이 들었다.

이튿날 아침, 새벽 6시 30분인 공양 시간이 맞춰 엉금엉금 이부자리에서 기어 나왔다. 다행히 방이 후끈후끈해서 감기 기운은 없었다. 허벅지만 욱신거릴 뿐.

고양이 세수를 하고 머리를 고쳐 묶고 공양 밥을 먹으러 갔다.

내가 아침을 먹다니.

내가 아침을 먹다니.

내가 아침을 먹다니. (오타나 실수 아님) 거의 10년 만인 듯했다. 직장생활을 할 때도 아침은 안 먹었다. 가끔 맥모닝이 먹고 싶어 일부러 일어난 적은 있어도. 양껏 먹었다가는 체할 것 같아 일부러 조금만 담았다. 산사 음식은 내 입맛에 잘 맞았다. 원래 부모님과 살 때도 거의 채식 수준의 식단으로 밥을 먹기는 했다. 엄마가 조미료를 거의 안 쓰시고 아빠가 고기를 피하셔서 채소가 밥상을 뒤덮는 수준이었다. 그 때문에 심심한 맛에 길들어 공양 밥은 충분히 맛있었다. 특히 전날 먹었던 콩으로 만든 돈가스(=콩가스)는 만드는 방법을 꼭 배워 집에서 해 먹으리라 다짐하고 또 다짐했다. 그러려면 템플스테이를 또 와야겠지. 그것도 산채 음식을 만드는 프로그램이 있는 곳을 찾아서.

이어서 진행된 아침 산행은 사실 억 소리 나게 힘들었다. 누가 보면 엄살이 심하다고 할 정도의 코스였는데 이게 다 허벅지 때문이었다. 돌덩이처럼 굳어버린 탓에 마음대로 움직이지 않았다. 특히 오르막길에서는 누군가 나의 다리를 주먹으로 마구 내리치는 느낌이었다. 평소에 운동을 좀 더 할 걸 그랬다. 다행인 건 나만 그런 게 아니었나 보다. 여기저기서 신음이 터져 나오자 담당자분이 좀 더 쉬운 길로 바꿔 걷자 하셨다. 한 바퀴를 쓱 둘러보고 다시 법륜사의 전경이 한눈에 들어오는 언덕배기에 서니 기분이 한결 나아졌다.

아침 공기는 찼지만 이미 단단히 무장한 탓에 (바지 안에 또 다른 바지를 껴입고 조끼 안에는 기모 맨투맨 티셔츠를 받쳐 입고 거기에 국민 롱패딩을 걸쳐 입고 손에 핫팩까지 쥐었다) 춥다는 생각은 크게 들지 않았다. 다 돌고 나서는 땀으로 몸이 더워진 탓에 꽁꽁 언 연못 앞 흔들의자에 앉아 경치를 감상하는 여유까지 부렸다.

마지막 프로그램인 스님과의 차담은 내가 제일 손꼽아 기다리고 기다리고 또 기다리고 엄청 기다리던 시간이었다. 템플스테이를 갈 때부터 고민거리를 싸매고 갔다. 스님을 만나면 꼭 여쭙고 싶은 게 있었다. 녹차를 마시며 이런저런 이야기를 나누는 와중에 질문을 던졌다.

"저는 소박하고 자연스러운 게 좋은데 요즘 들어 야망이 너무 없다고 그렇게 살면 안 된다는 이야기를 많이 들어요. 제가 정말로 원하는 게 뭔지 알기에 그런 말에 상처받지는 않지만 저만 특이한가 싶어 고립된 느낌이에요. 공감을 받지 못한다고 생각하니 외로워요."

스님은 이렇게 답해주셨다.

"자신이 원하는 대로 밀고 나가는 건 용기가 필요한 일이에요. 그 점에서 보면 아주 잘 지켜나가고 있는 것 같아요. 하지만 내가 살고 싶은 대로 살면서 남들에게 인정이나 공감까지 바라는 건 어떻게 보면 욕심일 수 있어요. 그리고 나와 뜻이 다른 사람들을 배척할 게 아니라면 어느 정도는 어울리고 남도 인정할 줄 아는 자세도 필요해요. 지금의 신랑은 어떤가요? 그런 모습은 잘 이해해주는 편인가요? 그렇다면 나의 뜻과 완전히 같지는 않더라도 존중해주는 한 사람만 있어도 된 거예요."

스님의 말속에서 답을 얻었다.

나는 앞으로 글을 통해 독자들에게 공감을 얻는 것으로 만족할 것이며 그 뜻에 함께해주는 반려자 그리고 소수의 인연과 시간을 켜켜이 쌓아가겠다고. 아울러 다른 사람들의 삶의 방식도 인정하기로.

짐을 싸고 돌아오는 길, 못내 아쉬웠다. 이제야 적응되었는데. 아마도 이런 아쉬움을 남겨두는 게 좋을지도 모르겠다. 그래야 다시 올 수 있을 테니까.

산사에서의 하룻밤.

문명과는 거리가 멀었던 1박 2일.

청량한 약수를 마시며 엄지를 쳐들고 얼음 사이에서 졸졸 흐르는 물소리를 들으며 신기해하고 새카만 어둠에 압도되었던 머묾.

다음번에는 엄마랑 같이 올 수 있었으면 좋겠다. 이 깨달음이 어쩌면 반백 년을 넘게 살아온 엄마에게는 필요 없겠지만 같이 나누고 싶어서. 이 느낌을 오롯이 함께하고 싶어서.

타자기에 얽힌 추억

우리 집에는 오래된 타자기가 한 대 있다. 상표명은 marathon-1000DLX로 (다행히도) 한국어 자판을 탑재하고 있다. 가끔 지인들이 집에 놀러 오면 이 오래된 물건을 보고 깜짝 놀라며 어디서 났느냐고 묻는데 그때마다 희미한 미소로 대답을 대신하곤 했다. 그도 그럴 것이 타자기를 손에 넣게 된 경위가 우연과 행운으로 점철된 탓에 제대로 설명하자면 시간이 꽤 오래 걸리기 때문.

"이 타자기에 얽힌 아름다운 얘기가 있어. 네게 들려 주고파."*

아날로그 문명에 무한한 애정을 품고 있는 나는 아주 옛날

* 그 유명한 노래 '여수 밤바다'의 가사를 잠깐 패러디해보았다.

부터 타자기를 꼭 가지고 싶었다. 대단한 첨단기술을 사용하지 않고도 자판을 누르기만 하면 글자가 찍혀 나온다는 게 신기했다. 어두운 방을 밝힐 촛불과 종이 그리고 타자기만 있으면 글을 술술 뽑아낼 수 있다는 게 놀랍기만 했다.

진즉 돈을 모아 중고품이라도 소장하고 있을 법한데 내 안에 자리 잡은 짠돌이 DNA가 쇼핑을 아주 싫어한다. 그 이유는 돈 때문이기도 하고 돈 때문이기도 하고 돈 때문이기도 하다. 결국, 같은 말만 세 번 되풀이한 꼴이 되었다. 거기에 공간을 차지한다는 사소한 이유까지 덧붙이면 완벽하다. 사실 타자기는 더는 생산되지 않는 제품이다 보니 중고라도 가격이 꽤 나간다. 특히 인테리어용인지 실사용용인지에 따라 한 번 더 가격이 차이가 나는데 내가 원하는 건 후자였다. 진짜로 작동해야만 했다.

전 국민의 대부분이 이용한다는 (정확한 수치가 없으니 그냥 내 생각이다) 중고**에서 검색해보니 쓸만하다 싶은 건 보통 5만 원이 넘었고 거기에 수리하거나 먹지를 갈면 가격은 거의 10만 원에 가까웠다. 태어나 단 한 번도 써본 적이 없는 물건을 로망만 가지고 구매하기에는 큰 액수였다. 적어도 나에게는.

방송에 여러 차례 나와 핫플레이스가 된 동묘시장에 가볼까도 생각했는데 몇 사람이 뜯어말렸다. 이미 가격이 오를 대로 올랐고 웬만한 물건은 그렇게 싸지 않다며. 그렇게 마음은 갈팡질팡 자리를 잡지 못하고 고민만 하며 시간만 흘려보냈다.

그러던 어느 날, 내게 힙합 뮤지션을 인터뷰하라는 지령이 떨어졌다. 그런데 장소가 문제였다. 스튜디오가 '미아삼거리'에 있다는 것이었다.

인천에서 태어나 인천에서 자라 인천에서 서울을 오가며 일을 하는 나에게는 어딘지 쉬이 짐작 가지 않는 지역이었다. 그 즉시 지하철 노선도를 확인해 보았다. 역시 불길한 예감은 틀리질 않지. 손가락을 쭈욱 따라간 끝에 발견한 '미아삼거리역'은 인천과 정반대 방향에 있었다. 집을 나서 버스를 타고 가다가 전철로 다시 갈아타고 가면 꼬박 두 시간이 걸리는 거리. 게다가 돌발상황과 변수를 계산해 적어도 30분은 일찍 도착해야 하니 결국 왕복 5시간이 걸린다는 계산이 나왔다. 하지만 인터뷰이가 있는 곳이 그 어디건 가야 하는 게 나의 임무. 나는 일찍이 댓 발 나온 입을 집어넣고 차라리 한숨 더 자기로 했다.

인터뷰 당일. 날씨가 제법 찬 탓에 옷을 잔뜩 껴입고 뒤뚱거리며 일찍 출발했다. 처음 가보는 미아삼거리는 생각보다 친숙한 느낌의 동네였다. 게다가 스튜디오가 주택가에 있어 부평 골목 그 어딘가를 헤매는 것만 같은 기분이 들었다. 다행히 인터뷰는 문제없이 화기애애한 분위기 속에 잘 끝났다. 그렇게 집으로 돌아가려 하는데 못내 아쉬웠다. 2시간 30분여를 달려서 온 거리가 아닌가?

'그래, 온 김에 근처 좋은 카페라도 찾아서 한 번 가보자.'

검색을 하고 있는데 눈앞에서 분위기 좋은 카페를 하나 발견했다. 들어가 보니 북카페인데 고양이가 여러 마리 눈에 띄었다. 차를 한 잔 시키고 꽁꽁 언 손발을 녹이면서 책을 들여다보고 있는데 카운터 쪽에 놓인 타자기 한 대가 눈에 들어왔다.

'판매 가격 2만 원'

내가 그토록 원하던 타자기가 아름다운 자태로 게다가 더 아름다운 가격으로 눈앞에 자리하고 있었다. 그러면서도 의심 많은 성격은 고쳐지질 않는 터라 곧바로 사장님께 물었다.

"이거 쓸 수 있는 건가요?"

"네, 아마 될 거예요. 고양이들 털이랑 먼지가 좀 묻어있어서 싸게 내놓은 거예요."

사장님 마음이 변하기 전에 얼른 값을 치르고 타자기를 받아 나왔다. 그런데 아뿔싸. 생각보다 타자기는 무거웠다. 이걸 들고 인천까지 꼬박 서서 갈 생각을 하니 머리가 아득해져 왔다. 물건에 정신이 팔려 아무것도 따지지 않고 들고나온 내가 바보라는 생각은 들지만, 지금 당장 필요한 건 해결책을 찾는 일. 그때 가방 안 까만 비닐봉지가 눈에 띄었다. 서둘러 나는 주섬주섬 소지품을 봉지에 쓸어 담아 넣고 속을 비운 뒤에 타자기를 넣었다. 지퍼가 다 채워지지 않지만, 이 정도면 괜찮겠다는 생각이 들었다. 덕분에 문 열린 가방을 메고 물건이 삐죽 튀어나온 비닐봉지를 들고 지하철을 타야 했지만 말이다.

부푼 마음으로 집으로 돌아와 타자기를 꺼냈는데 사용방법을 모르겠다. 영화에서 본 것처럼 대충 종이를 찔러 넣고 자판을 눌러보지만, 글자가 찍히지 않았다.

'이거 낭패다.'

아무것도 묻지도 따지지도 않고 처음으로 충동구매를 한 물건이 고장이라니! 무거워 자꾸만 뒤로 처지는 가방과 종이 모서리에 찢겨 휘날리는 비닐봉지를 간신히 부여잡고 먼 길을 왔건만. 그 모든 게 헛수고가 되어버렸다.

나는 패닉 상태로 (전) 남친 (현) 남편에게 SOS를 쳤다. 다행히 고장 난 건 아니란다. 먹지만 갈아 끼우면 된다고 해 생일선물 대신에 먹지 리본을 사달라고 했다. 각고의 노력 끝에 그렇게 타자기를 사용할 수 있게 되었다.

하지만 금방 잊혔다. 타자기라는 이름 세 글자만 들어도 들뜨던 나인데 몇 번 사용하다 내 마음처럼 잘 안되자 방구석에 처박아 두었다.

그리고 몇 년이 지났다. 디지털 디톡스를 하는 김에 이 오래된 친구를 다시 되살려보기로 했다. 이번에는 사용법을 마스터해서 기어이 이걸로 글을 써보리라 마음먹었다. 장식용으로 전락한 타자기를 꺼냈다. 그 상태 그대로 새로 종이만 끼고 자판을 눌러보았지만 역시 아무것도 찍히질 않았다. 사 온 뒤로 먹지만 갈아놓고 청소도 한 번 하지 않아 먼지가 아주 잔뜩 낀 상태가 아닌가. 게다가 리본을 만져보니 잉크가 바짝 말라 있었다. 나의 무심함을 원망하게 되는 순간이었다.

새 먹지 리본을 사고 청소를 시작했다. 면봉을 한 꾸러미 가져와 손이 닿지 않는 부분의 먼지를 닦아내고 젓가락으로 휴지를 눌러 바닥에 눌어붙은 때를 닦아냈다. 그런데 그때 뭔가 부딪히는 소리가 났다.

'뭔가 부러졌나 봐.'

불안한 마음으로 타자기를 들어 올려 요리조리 흔드니 쇠붙이 하나가 떨어졌다. 가만 보니 부품이 아니라 펜던트였다. '오스터'라는 이름이 적혀있고 성별 표시가 되어있었다. 타자기를 샀을 때 거기에 상주하던 고양이의 목걸이가 타자기에 빠졌고 제대로 청소를 하지 않고 사용하다가 처박아 둔 탓에 3년이 넘게 그 자리에 있었던 것이었다.

묘한 기분에 그때 그 북카페의 SNS 계정에 들어가 보니 정말로 오스터라는 이름의 고양이가 있다. 여전히 살아있구나. 건강하게 잘 있구나. 이 펜던트를 다시 돌려줄 수 있겠구나 하는 생각에 가슴을 쓸어내렸다.

먹지까지 갈아 끼고 드디어 타자기의 새로운 출발을 기념하는 순간! 종이를 넣고 자판을 누르니 희미하게나마 글자가 찍혀 나왔다. 그전에는 복잡하다고 너무 쉽게 포기한 타자기. 아직도 쌩쌩하기만 했다. 그리고 열심히 타자를 치며 방법을 익혀나갔다. 하지만 긴 글을 타이핑하기란 쉽지 않았다. 문제는 받침이었다. 받침을 쓸 때마다 특정 버튼을 힘껏 누른 채로 자판을 쳐야 했다. 게다가 그동안 잉크가 눌어붙은 채로 말라버려 정말 세게 내려치듯이 자판을 치지 않으면 글자가 너무 희미하게 찍혔다. 쏟아지는 생각의 속도를 자판이 따라잡지 못했다. 하지만 그래도 좋았다. 그렇다면 타자기로는 긴 글은 안 쓰면 되니까.

대신 디지털 디톡스를 할 때마다 느끼는 짤막한 감상이나 기억에 남는 책의 글귀 또는 편지 정도를 쓰면 되겠지. 아마도 일상에서 맛보게 될 낭만이 되어줄 거다.

일주일에 한 번 맛볼.

편리하지는 않지만, 충분히 아름다운 낭만이.

아궁이로 마음을 지피다

인간은 망각의 동물이라고 했다.

가끔은 깜짝 놀랄 정도로 그 말이 바르다고 느껴질 때가 있다.

요즘 들어 잠자리에 누우면 옛일이 자꾸만 떠오른다. 어슴푸레한 새벽만 되면 컹컹 컹컹하며 들려오던 개들의 울음소리. 타닥타닥 타들어 가는 소리와 함께 너울거리며 춤을 추던 아궁이의 불빛. 코끝을 찡하게 만들 정도로 차가운 새벽의 공기. 손끝에 닿는 따끈한 물의 감촉까지. 이 모든 건 내가 초등학생이던 시절 주말마다 찾았던 할아버지 댁에서 경험한 것들의 파편들이다. 그때는 그러한 풍경이 낯설고 특이하다기보다 당연하게 느껴졌다. 인천 도심 한복판인데도 가스보일러 대신에 아궁이로 집을 데우고 가마솥에 밥을 하는 게 이상하다고는 생각하지 못했다. 만화책을 보지 못하게 하는 아빠의 감시망에서 벗어나 근처 대여점에서 책을 빌려 아랫목의 따끈함을 느끼며 언니와 시시덕거리는 데에 정신이 팔려있었다. 그리고 제법 아이의 티를 벗었을 때쯤 더는 재미를 느끼지 못하고 발길이 뜸해졌고 어느 날 할아버지의 옛날 집은 온데간데없이 사라졌다.

"부모님 댁에 보일러 한 대 놔드려야겠어요."

효도는 보일러로 하는 것이라는 카피가 유행하던 어느 날, 매번 고인 물을 데워 샤워하고 그을린 부엌에서 요리하는 게 영 마음에 걸렸던 엄마는 고모 그리고 아빠와 상의 후 최신식 난방시설로 교체했고 그다음부터는 뜨신 물로 씻기 위해 일찍 일어날 필요가 없었다. 언제든 수도꼭지만 돌리면 되니까.

정말 신기한 건 크고 난 다음에 그게 생경한 경험이라는 걸 알았고 그 후로 한참 동안 나는 그 일을 떠올릴 일이 없었다. 마치 없었던 일인 듯 잊고 살았다. 그런데 이상하게 디지털 디톡스를 하기 시작하고 나서부터 그 광경이 자꾸만 눈앞에 아른거렸다. 마치 어제 일이라도 되는 듯이.

당시에 나는 불만이 많았다. 할아버지네 가서 실컷 만화책을 보고 뛰어놀고 간섭없이 지내는 건 좋았는데 다음 날이면 어김없이 새벽 6시가 되기도 전에 일어나 추운데도 데워놓은 물에 씻어야 하는 게 곤욕스러웠다. 그때는 추운 날씨에 밖에서 대야에 물을 받아 씻어야 하는 게 싫어서 그런 줄 알았는데 지금에서야 생각해보니 일찍 일어나는 게 싫었던 것 같다. (새벽에 잠들 수는 있어도 일어날 수는 없는 나의 체질을 고려해 본다면 말이다) 하지만 이제 더는 그런 경험을 해볼 수가 없다.

집마다 보일러를 떼는데 아궁이로 난방을 하는 곳이 어디 있을까? 그런데도 나는 다시 한번 불편하면서도 그리운 그 추억을 되살려보고 싶었다. 그때부터 열심히 인터넷을 뒤졌다.

아궁이 숙소 / 시골민박 / 아궁이 난방 숙소 / 아궁이 시골 숙소 등으로 열심히 검색을 해봤지만 내 마음에 딱 드는 곳은 나타나지 않았다.

"엄마, 아는 사람 중에 혹시 시골집 가지고 있는 분 없어? 아궁이로 난방을 하는 곳이면 좋겠는데……."

"야, 요즘엔 시골에서도 다 보일러 써. 그런 집이 어디 있냐?"

그렇게 낙담을 하고 있을 때쯤, 에어비앤비가 떠올랐다. 세상에 별별 숙소가 다 등록된 곳이 아닌가? 혹시나 하고 검색을 하는 도중 아궁이로 난방을 하는 별채숙소를 찾았다.

'여기다!'

평창도 아닌 그 안쪽 '운교'라는 동네에 내가 찾던 집이 떡 하니 존재하고 있었다. 게다가 숙소 내에는 책과 엘피판이 잔뜩 갖춰져 있어 텔레비전을 켜지 않고도 스마트폰을 사용하지 않고도 즐길 거리가 많았다.

단, 해발 700m에 있는 탓에 대중교통을 이용할 시에는 1.3km를 걸어야 하고 폭설이 내리면 오도 가도 못 하는 일도 생길 수 있다. 주위에는 편의점은커녕 슈퍼마켓도 없어 머물면서 쓸 생필품이나 음식은 모두 챙겨가야 하며 1박이 아닌 2박 숙박이 기본이었다. 그 대목에서 사실 잠시 멈칫거렸다.

그랬다. 그간 디지털 디톡스를 이틀 연속으로 해 본 적이 없었다. 배달음식을 안 먹고 산길을 헉헉대며 걸어 올라갈 자신은 있었는데 산골에 박혀 세상과 단절된 채 오랫동안 지내야 한다는 게 공포스럽기까지 했다.

'과연, 괜찮을까?'

망설인 끝에 간신히 누군가 취소한 자리를 낚아채 예약을 걸어버렸다. 환불받을 생각은 조금도 하지 않은 채.

너무나 일찍 예약한 탓에 D-day 날짜를 헤아리면 헤아릴수록 시간이 더디게 가는 것 같아 어느 순간 그냥 잊고 지내기로 했다. 그래도 그 날은 왔다. 맞춰놓은 알람보다 일찍 걸려온 엄마의 전화에 눈을 떴다.

"가는 중이니? 지금 눈 오는데 길 안 막혀?"

"뭐라고요? 엄마? 진짜 눈 와?"

그제야 일어났노라고 실토한 뒤 베란다로 냅다 나가보았다. 가는 날이 장날이라더니. 눈발이 총총 날리고 있었다. 애초 예상한 루트를 살짝 변경하기로 했다.

원래 루트) 시내버스 1 → 동서울 터미널행 시외버스 →
운교행 시외버스 → 걸어서 숙소 도착

변경 루트) 광역버스 1 → 지하철 → 운교행 시외버스 →
호스트 픽업 부탁

트레이닝 복 한 벌과 여벌의 속옷 그리고 상비약을 꾸린 간소한 백팩 하나를 매고 길을 나섰다. 광역버스에서 내려 지하철로 갈아타고도 한참을 더 가 강변역에 내렸는데 기시감이 밀려왔다. 분명 처음 온 곳인데. 내가 생각했던 터미널은 좀 더 깨끗하고 최첨단의 느낌이라면 이곳은 예전 그 터미널의 모습

그대로를 하고 있었다.

노란색 플라스틱 대기 의자에 옹기종기 모여앉은 사람들.

역 앞에 줄지어 선 분식 노점들.

티켓을 끊고 개찰구를 찾는 사람들.

그 광경에 피식 웃음이 났다. 정말이지 내가 그리워하던 그 시대를 잠시나마 서울 한복판에 옮겨다 놓은 것 같아서. 나는 지금 그 시절을 다시 경험하기 위해 도시에서 산골로 거꾸로 여정을 하고 있지 않은가.

지난번 여행을 통해 조금 더 가까워진 지인과 함께 태어나서 처음 가 보는 어느 시골 마을로 향하는 버스에 몸을 실었다. 가는 길은 심심하지 않았다. 강원도는 굉장히 멀다고 생각했는데 시외버스를 타고 1시간 30분 거리에 있었다. 찐빵으로 유명한 안흥에 도착했을 무렵 픽업요청을 다시 하고 그때부터 두 손으로 가방을 꽉 움켜쥐고 허리를 꼿꼿이 세운 채로 버스에서 내릴 순간만을 기다렸다.

숙소를 고를 때는 두 가지에 주의해야 한다고 했다. 사진발과 후기발. 그래서 칭찬 일색인 후기에도 불구하고 큰 기대는 하지 않았다. 그런데 목적지에 도착하고 보니 그게 거짓이 아님을 깨달았다. 정말 아무것도 없는 곳에 숙소가 덩그러니 자리하고 있었다. 그게 싫은 사람도 있겠지만 나는 아니었다. 높은 건물이라고는 하나도 찾아볼 수가 없고 너른 산과 밭이 펼쳐져 있었다. 소복이 쌓인 눈까지 더해져 마치 알프스산맥 그 어딘가에 있는 듯했다. (실제로 가본 적이 없는 나의 너스레와 과장이 섞인 감상이다) 입실을 하기 전 미리 불을 지펴놔야 따뜻해진다고 해 아궁이에는 이미 땔감이 달그락달그락하며 타고 있었다.

문을 열고 안으로 들어가니 소박한 방이 하나 나왔다. 구들장의 온기가 그대로 전해질 황토 바닥에 천장 가까이 쌓아 올린 책들과 엘피판들. 이거면 충분하겠다는 생각이 들었다. 조그마한 다락방에서는 날이 좋으면 실내에서 창문을 열고 별을 볼 수도 있다는데 눈이 온 뒤라 그건 어려울 듯했다. 그보다 숙소에 들어설 때 본 새끼강아지가 얼른 보고 싶어 짐을 내려놓고 부리나케 나갔다. 유기견 보호소에서 데리고 오셨다는 귀염뽀짝 강아지. 무서울 것도 없다는 듯이 여기저기를 뛰어다니며 냄새를 맡고 볼일을 봤다. 뽈뽈 거리면서 눈밭을 헤치고 달리는 모습을 가만히 바라보고 있자니 부럽기도 하고 한편으로는 괜스레 미안한 마음이 몰려왔다.

목줄을 할 필요 없이 자유롭게 노니는 삶.

좁은 집 대신에 넓은 자연을 뛰노는 삶.

나의 반려견에게도 선물해주고 싶은데 그러지 못한다는 게 못내 아쉬웠다. 마당이라도 조그맣게 있었으면 옥상이라도 자유롭게 쓸 수 있었으면 하는 바람은 번번이 조막손인 나의 계산에 무너지고 말았다. 정말 언젠가는 용기를 낼 수 있을까 하는 마음으로 때로는 안고 때로는 따라서 숙소 주변 산길을 돌았다.

시골에서의 하루는 도시에서보다 훨씬 빠르다고 했다. 일어나서 씻고 먹고 쓸고 닦다 보면 하루가 간다는데 산골에서는 조금 더 빨랐다. 해가 빨리 지기 때문에.

우리가 도착한 시각은 오후 3시. 짐을 풀고 산길을 한 바퀴 돌며 강아지들이랑 놀았을 뿐인데 어느덧 어두컴컴해졌다. 아궁이의 불도 거의 다 사그라져 양쪽에 남은 땔감과 불씨를 모아 가운데로 넣어주고 환기 팬을 껐다. 신기하게도 보일러를 틀지 않아도 전기장판을 켜지 않아도 방은 훈훈했고 바닥은 뜨끈했다.

키오스크로 음식을 주문하고 AI가 취향을 분석해주고 자율주행 차가 달리는 시대지만 옛 선조들이 변변한 기계 하나 쓰지 않고 고안해낸 난방법이 오늘날의 것을 대체할 수 있다는 게 신기하기만 했다. 예전에는 불이 꺼질 때마다 방이 식어 땔감을 넣어주느라 귀찮기 짝이 없었다는 데 오래 달궈진 탓인지 방이 작은 탓인지 열기는 쉬이 식질 않았다. 만 하루 동안은.

스마트폰은 멀리 치워두고 텔레비전은 켜지도 않은 채 턴테이블에 판을 올려두고 책을 골랐다. 뜨뜻한 아랫목에서 책장을 넘기고 LP를 들으며 놀멍쉬멍하며 시간을 보냈다.

바늘이 둥그런 판을 따라 지날 때마다 노래가 흘러나왔다. 오래된 음반일수록 판은 지글거렸고 목소리는 가늘게 떨렸지만 그게 더 좋았다. 그 모든 게 어우러져 새로운 음악을 만들어내는 것 같아서. 그 속에 시간의 흐름이 오롯이 담긴 것 같아서. 20분에 한 번씩 뒤집어 줘서 불편하다는 사람들도 있지만, 그 수고로움 덕분에 노래에 집중할 수 있게 되는 것 같다.

끊임없이 반복되고 흘러가는 플레이리스트는 끝이 없다는 생각에 스쳐 지나갈 뿐이지만 단 20분 만 누릴 수 있는 귀 호강이라고 생각하니 바짝 집중해서 하나하나 음미하듯 듣게 된다.

뭐든 넘치는 것은 쉽게 잊히고 소중히 다루지 않게 되는 것 같다.

사실 이 산골 숙소에서 디지털 디톡스 말고도 시도해보고 싶은 게 하나 더 있었다. 그건 바로 '비전화'였다. 전기를 전혀 사용하지 않고 생활하는 걸 말하는 건데 그 발상이 너무 놀라워 한 번쯤 해봐야겠다고 마음을 먹었더랬다. 보일러를 사용하지 않고 난방도 할 수 있으니 전기를 전혀 쓰지 않고도 지낼 수 있을 것으로 생각해 숙소에 오기 전에 미리 머릿속으로 그려보았다.

심심하면 강아지와 산책을, 카페인이 필요할 땐 핸드드립을, 텔레비전 대신에 책을 그런데 그다음이 문제였다. 해가 지면 촛불을...

이곳은 내가 이틀을 빌린 숙소이지 온전한 내 집은 아니다. 게다가 목조주택이라 불에 몹시 취약한데 비전화를 한답시고 촛불을 죄다 켜고 생활했다가 만에 하나라도 사고라도 난다면? 그 지점에서 턱 막혔다. 걱정이 많은 내 성격 탓에 생각하는 일이 벌어질 가능성은 크지 않겠지만 어쨌든 무리하게 그것도 남의 집에서 시도한다는 게 예의가 아니라고 느껴졌다. 그래서 리스트에서 지우기로 했다. 안전하고 깨끗하게 머물다 가기로 했다. 언젠간 기회가 생기겠지라는 마음으로 말이다.

그래도 호스트분이 마련해준 작은 향초에 불을 붙이고 위에 아로마오일을 한두 방울 떨어뜨리며 기분을 내기로 했다. 노란 불빛 아래 작게 흔들리는 또 하나의 빛. 그것만으로도 충분했다. 이 방과 우리 둘 사이를 채우기에는. 아쉬운 마음도 더불어 말이다.

커피귀신인 나는 여행을 갈 때마다 늘 카페인 금단증상으로 고생을 하곤 한다. 이를 참지 못해 주변 사람인 신랑을 들볶아 10km를 달려 아메리카노를 한 입 들이킨 후에야 안정을 취하는 촌극을 벌이고는 했는데 이번에는 그럴 필요가 없었다. 숙소에 핸드드립 세트가 갖춰져 있었기 때문이었다.

집에서는 선물로 받은 전자동 에스프레소머신으로 버튼만 누르면 손쉽게 커피를 마실 수 있었지만 여기서는 직접 커피를 내려 마셔야 했다. 방법은 이렇다.

준비된 원두를 한 움큼 집어 수동 그라인더 안에 넣고 천천히 돌린다. 원두가 분쇄되어 가루가 모이면 드리퍼를 컵 위에 올려놓고 종이필터를 끼운다. 물을 끓인 뒤 한 차례 골고루 부어준다. 원두가 부풀어 오르면 잠시 기다렸다가 나머지 물을 천천히 조금씩 붓는다. 잔에 커피가 가득 차면 마신다.

요즘 들어 카페에서 핸드드립 메뉴를 많이 판매하고는 있지만, 그라인더를 쓸 때는 전자동 형식을 많이 쓴다. 그도 그럴 것이 많은 손님이 몰리는 데 하나하나 일일이 수동으로 맷돌로 갈 듯이 돌릴 수는 없는 법. 시간도 오래 걸리고 힘도 든다. 하지만 작정하고 돈 대신 시간을 부자처럼 넉넉하고 여유롭게 쓰기로 한 터라 손잡이를 돌려 원두를 가는 게 나쁘지 않았다. 우툴두툴함을 느낄 수 있는 손맛이 좋았다. 게다가 스프링의 조임으로 분쇄 입자를 굵게 할 것인지 가늘게 할 것인지를 조절할 수 있는데 이에 따라 커피의 맛을 내 멋대로 바꿀 수 있다는 게 기가 막혔다. 이두박근과 삼두박근이 움찔거릴 정도로 꽉 조이면 원액에 가까울 정도로 진한 아메리카노를 내릴 수 있었다. 덕분에 금단증상 없이 커피귀신은 원 없이 커피를 마시고 또 마셨다.

어느덧 밤이 깊었다. 새벽 2시가 가까워져 오자 눈꺼풀이 무거워지기 시작했다. 아마도 아침부터 서둘러 먼 길을 와서 그런 듯했다. 보던 책을 가만히 덮어 내려놓고 누워 잠을 청했다. 아무것도 켜지 않아 말 그대로 적막한 방 안. 일부러 그러려고 한 건 아닌데 그 상태로 모로 누워있자니 바닥의 온기가 고스란히 몸으로 느껴졌다. 가끔 명상할 때면 전신의 따뜻함을 느끼는 '바디스캔'을 하는데 이날은 일부러 그럴 필요가 없었다. 조용한 가운데 구들장의 온기를 느끼며 오래간만에 아무런 잡념 없이 그대로 있을 수 있었다.

아궁이로 불을 때는 방식은 넓은 면적을 데우기에는 효과적이지 못하다고 한다. 게다가 세기를 조절할 수 없어 너무 뜨거운 경우 방이 활활 타는 느낌을 받을 수도 있다. 내 경우에는 아궁이 바로 위쪽에 누운 건 맞지만 그래도 바깥쪽에 자리를 잡은 터라 트레이닝 복의 상의 지퍼를 내릴 정도의 뜨거움이 유지되어 괜찮았다. 그런데 안쪽에 바로 열기가 그대로 전달되는 자리에 누운 지인은 많이 뜨거웠는지 끙끙 앓는 소리를 냈다. 이튿날 물어보니 잠을 깊이 자지 못했다고 했다.

아무래도 낯선 잠자리라 적응은 좀 필요할 듯싶었다. 그렇게 뜨거운지 알았으면 여분의 요나 이불을 깔아줄 걸 하는 아쉬움이 남았다. 다행히 다음 날에는 불을 잘 조절하려고 노력했고 중간중간 환기를 시키기 위해 창문을 열어놓았다. 그리고 전날의 희생(?)과 경험(?) 덕분에 안쪽에서는 이불을 덮는 대신에 이불을 깔고 잤다. 덕분에 춥지 않고 개운한 잠자리를 가질 수 있었다.

다시금 날이 밝았다. 밤새 소복이 눈이 내려 들판이 하얗게 변했다. 남이야 차가 막히건 말건 그 모습을 보며 썰매 타기 딱 좋은 날이라는 생각에 웃음이 실실 새어 나왔다. 그랬다. 평창 지역이야말로 지대가 높은 곳에 있는 탓에 한 번 눈이 오면 잘 녹지 않아 어디건 천연슬로프가 형성된다고 했다. 그래서 포댓자루 하나면 두 볼이 꽁꽁 얼 때까지 실컷 썰매를 탈 수 있다. 게다가 숙소에는 이미 플라스틱 썰매가 준비되어 있어 그 모든 걸 공짜로 즐길 수 있었다.

우리를 언덕으로 인도하는 강아지를 따라서 썰매를 어깨에 이고 나섰다. 비장한 발걸음으로 주위를 살피며 적당하게 경사진 곳을 찾기 시작했다. 장갑 없이 롱패딩 소매 안에 손을 밀어 넣고 자리를 잡고 앉았다. 이제 발만 떼면 된다. 눈길을 따라 스르륵 밀려 내려간다. 슬금슬금 겁이 날 때쯤에는 다리를 땅에 살짝 끌고 줄을 잡아당기며 늦춘다.

'그래, 이 맛이야.'

오랜만에 겨울을 제대로 즐기는 기분이 들었다. 어릴 때야 하늘에서 쏟아지는 눈을 보며 환호성을 지르며 밖으로 뛰쳐나가 눈싸움을 하고 눈사람을 만들었더랬다.

하지만 어느 순간부터 궂은 하늘을 보면 걱정과 함께 짜증이 밀려왔다. 출근길 교통대란을 예상하며 알람 시간을 조금 더 당겨 설정하고 잠자리에 들었다. 눈은 그야말로 반갑지 않은 손님이었다. 그렇지 않더라도 손이 시릴까 봐 감기에 걸릴까 봐 눈을 만지기를 꺼렸다. 집 밖에 나서자마자 가방에 넣어 둔 장갑을 꺼내 들고 이리 피하고 저리 피했다.

하지만 여기서는 그럴 필요가 없었다. 아이처럼 신나기만 하면 되었다. 출근할 곳이 없으니 아프더라도 걱정이 되지 않는다. 그냥 모든 걸 내려놓고 즐기기만 하면 된다.

유유자적 흘러가는 일상과는 다르게 날씨는 변화무쌍하다. 어느덧 눈이 완전히 그치고 하늘이 도로 맑아졌다. 오늘은 전날 보지 못했던 별을 볼 수 있을 거라는 생각에 설렜다. 아니나 다를까 늦은 밤 문을 열고 나섰더니 하늘에 콩처럼 박힌 반짝이는 별들을 볼 수 있었다. 처음에는 스쳐 지나가는 비행기의 꼬리가 아닌지 그 누구의 말처럼 버려진 인공위성의 잔해가 아닌지 의심했지만, 눈을 비빌 때마다 모습을 점차 드러내는 영롱한 빛의 자태에 정말 별이라는 걸 인정할 수밖에 없었다. 하나둘 셋 넷 다섯 여섯 일고여덟쯤을 세다가 더는 의미가 없겠다 싶어 그만두었다. 그와 동시에 강제로 빼앗길 수밖에 없었던 도시의 별과 언덕에서 별똥별을 볼 수 있었던 유년의 추억이 되살아났다.

내가 초등학교에 입학할 무렵이었을 거다. 당시 큰외삼촌은 우리 집에서 버스로 20여 분 거리에 있는 단독주택에서 큰 강아지를 한 마리 기르며 살고 계셨다. 한두 번 따라갔다가 여동생이 없어 유난히 나를 더 예뻐해 주고 챙겨주는 친척 언니에게 홀딱 반해 며칠 지내다 가고 싶다고 부모님께 졸랐고 웬일인지 흔쾌히 허락을 해주셨다. 큰외삼촌댁 가까운 곳에 언덕이 하나 있었는데 마침 별똥별이 떨어지는 날이어서 구경을 하러 갔다.

'그까짓 별 뭐 있겠어?'

실제로 별을 본 적이 없었던 나는 비뚤어진 마음에 의심부터 하고 봤다. 그런데 이게 웬일 날을 잡아 마음을 먹고 갈 만큼 자연의 쇼는 놀라웠다. 마치 누가 거꾸로 폭죽을 쏴대는 듯이 아래로 떨어지는 별들이 처음에는 무서워 소리를 지르다 나중에는 넋을 놓고 보았다. 그 경험은 너무나도 비현실적이어서 아직도 또렷한 기억으로 자리 잡고 있다. 아쉽게도 그새를 못 참고 내가 보고 싶다며 골목마다 내 이름을 부르며 찾아오신 아빠 때문에 예상보다 일찍 집으로 돌아가야 했고 그 후로 외삼촌은 아파트로 이사를 가버리셔서 다시 그곳을 찾지 못하게 되었다.

도심 한가운데서도 별을 마음껏 무료로 원 없이 볼 수 있었던 날들은 이제 먼지가 자욱한 하늘과 높은 빌딩이 가져가 버렸고 대신 편리함과 안락함이라는 선물을 던져주었지만 어쩐지 나는 달갑지가 않았다. 그래도 이곳에서 셀 필요조차 없는 별들을 볼 수 있어 그나마 다행이라고 생각했다. 덕분에 어린 시절의 추억도 다시금 되새길 수 있었고 말이다.

북스테이를 위해 온 것만은 아니니 사실 책에 대한 큰 기대나 미련은 없었다. 그런데 떠나기 바로 전 집어 들었던 책 헬렌 니어링과 스콧 니어링의 저서 『조화로운 삶』에서 내가 앞으로도 살아가고 싶은 날들에 대한 힌트를 발견할 수 있었다.

널리 알려진 유명한 책이라 새삼스럽긴 하지만 이 두 사람은 뉴욕이라는 대도시에 살다가 어느 날 버몬트의 한 시골 농가로 이사를 한다. 그때부터는 자급자족하며 그 전과는 전혀 다른 삶을 살았는데 바로 그 20여 년의 기록이다.

"엄마, 일주일에 5일은 일을 하고 딱 이틀만 좋아하는 걸 할 수 있다는 게 말이 돼? 적어도 4일 일하고 3일은 쉬어야 하는 거 아니야?"

아직 직장인이던 시절 나는 종종 이런 되바라진 말을 해서 엄마를 놀라게 했는데 이 책에는 일과 삶의 균형에 대한 거의 비슷한 관점이 녹아있었다. 그들은 무려 나보다 70여 년 이상 앞선 세대인데 말이다. 일과 중에 할당량을 채우면 그 후에는 절대 일을 하지 않는다는 모토로 생활했고 딱 먹을 만큼만 수확하고 나머지 시간에는 하고 싶은 활동을 하며 여가를 즐겼다. 농사를 지을 수 없는 겨울에는 방학인 양 그 기간을 알차게 보냈고 과하게 힘을 쓰고 쓰러지듯 잠드는 걸 경계했다. 그리고 더 놀라운 건 화폐 자체에 큰 가치를 두지 않으려 했고 남는 물건이나 음식을 가지고 되도록 물물교환을 통해 돈을 벌지 않아도 먹고 살 수 있는 토대를 만들어 유지했다는 점이었다. 그러니 이들에게는 더 높은 연봉의 직장도 더 높은 직급의 명예도 필요가 없었다.

도시는 너무나도 재밌고 놀라운 것들로 가득 차 있지만, 그 모든 것들은 돈을 지불해야 하고 덕분에 우리는 더 많은 돈을 벌기 위해 시간을 팔고 이게 점점 비중이 커지면 나의 삶의 대부분을 내주어야 했다. 그리고 그 악순환을 깨달을 때쯤 우리는 어느덧 나이를 먹어 머리가 희끗희끗해져 버린다.

하지만 그렇다고 해서 모든 사람이 가진 것들을 모두 내려놓고 시골로 가서 무소유를 실천하고 자급자족해야 한다는 말은 아니다. 실은 나도 당장은 그럴 수가 없다. 그래도 자꾸만 그들의 삶을 들여다보고 있자니 뭔가 변화가 필요하다는 생각은 들었다.

산골짜기 작은 집에서 보낸 이틀 동안 아름답고 재미난 것들은 모두 공짜였다. 천연슬로프를 자랑하는 눈썰매장도 넋을 잃을 만큼 영롱한 별들도 너무나도 귀여운 강아지들과의 산책도 눈의 피로가 확 가시는 광활한 자연도 마스크가 필요 없는 깨끗하고 청정한 공기도 말이다. 완전히는 힘들겠지만, 다시 돌아가면 앞으로의 삶에 이것들을 조금이나마 녹여낼 수 있을까 하는 고민에 빠져 책을 덮었다. 대미를 장식하기에 충분한 멋진 책이라는 생각을 하면서 말이다.

산속에서의 디지털 디톡스.

이틀이 지나 짐을 챙겨 내려오니 어딘가 다른 세계에 있다가 돌아온 것만 같았다. SF영화에서나 볼법한 외계인에게 납치당해 하루 이틀 있다 왔더니 지구에서는 벌써 몇십 년이 흘렀다는 그런 느낌을 그대로 받았다.

신기하게도 다시 접속한 디지털 세계에는 큰 변화가 없었다. 나를 찾는 이들도 나를 찾는 일감도 나를 찾는 사건도 없었다. 이틀을 떠나있어도 달라질 건 없다는 깨달음에 웃어야 할지 울어야 할지 몰라 한참을 어리둥절해 있었다.

사람은 쉽게 변하지 않는다고 했다. 그날 이후로 나는 다시 스마트폰으로 업무를 보고 연락을 주고받고 소식을 확인하고 가끔은 영상을 보기도 한다. 그래도 깨달음은 사라지지 않았다. 나의 고민도 끝나지 않았다. 내가 원래 계획한 디지털 디톡스의 기간을 두 달을 더 연장하기로 마음먹을 정도로. 조금 더 신비로운 날들을 경험해보고 싶다. 조금 더 몸과 마음을 다해 충만한 날들을 누리고 싶다.

뉴트로와 아날로그 그리고 빈티지

오늘은 소주 한 병을 꺼냈다. 술도 못 마시는 내가 (500cc 한 잔이면 이내 얼큰해진다) 술잔을 기울인 건 다 이유가 있어서다.

바로 시대의 흐름 때문에. 사실 여태까지 내가 그렇게 트렌드에 뒤처지는 사람이라고는 생각해본 적이 없다. 물론 유행을 선도하지는 못했어도 돌아가는 분위기 정도는 파악할 줄 아는 편이었다. 세상이 급변하는 것에 대해 두려움도 크지 않았다. 하지만 이제는 좀 달라졌다는 걸 실감한다.

내 나이 이제 벌써 서른 중반. 얼마 전 『90년생이 온다』라는 책을 샀는데 그 후로 줄줄이 그런 책들만 사들이고 있다. 책에서 그랬다. 30대 중반이 되기 전까지는 변화를 즐기지만, 그 후로는 약간 버겁고 더 나이가 들면 뒤처지게 된다고. 가만히 있어도 일부러 알려고 하지 않아도 트렌드 정도는 쉽게 알 수 있었는데 이제는 열심히 공부하고 촉각을 곤두세우지 않으면 휩쓸려 뒤로 나가떨어지는 기분이다. 책도 보고 관련 다큐멘터리도 찾아보고 인스타그램 해시태그도 관찰해야 그나마 제자리라도 지키게 된 지금 나는 무척 심란하다.

한 마디로 세상살이가 러닝머신 위를 달리는 것 같다. 그러다 보니 요즘 들어 부쩍 디지털 디톡스를 하는 것이 맞나 하는 의문과 회의가 찾아온다. 우리 엄마는 내가 하는 행동을 두고 "세상이 변했는데 갓 쓰고 살래?"라며 일침을 가하시기도 했다. 틀린 말은 아니라는 생각이 든다. 그래도 너무 세련되고 깔끔하고 럭셔리한 것은 정나미가 뚝 떨어진다. 촌스럽지만 시대에 뒤떨어졌지만, 정감 가고 편안한 것들이 좋다. 시작할 때야 비장하게 일상을 바꾸고 새바람을 가져오고 시대에 변화를 가져오고 싶다고 했지만 그런 걸 다 떠나서 인정할 때가 되었다. 최첨단 디지털 4차 혁명 AI 시대에도 나같이 촌스러운 사람 하나쯤은 필요하다.

그런데 다행히 젊은 세대 중에서도 그런 것들에 흥미가 있는 사람들이 있나 보다. 요즘 들어 미디어에서 자주 들려오는

합성어. 뉴트로가 바로 그 증거다. 처음에는 저게 뭔가 싶어 갸우뚱하기도 했다. 원고지를 써본 적도 없고 타자기를 구경조차 해본 적이 없는 아이들. 터치로 손쉽게 모든 걸 해결하고 지식은 영상으로 소통은 SNS로 하는 아이들. 하지만 걔 중에도 번거롭지만 따뜻한 옛것에 관심이 있는 부류가 있었다. 향수와 추억에 젖어 필름카메라를 찾고 엘피판을 사 모으고 원고지에 끄적거리는 게 새로운 경험을 선사하는 진짜 멋이란다. 그래서 New(새로운)에 Retro(복고)를 붙였다.

그렇다면 나는 뉴트로 세대에 낄 수 있는 걸까? 그에 대해서는 쉽게 답을 못할 것 같다. 왜냐하면, 80년대 후반에 태어난 나는 아날로그 시대의 끝자락만을 맛보았기 때문이다. 머리가 커서 좀 뭔가를 제대로 기억하고 이해할 수 있을 때쯤에 휴대폰이 나왔다. 테이프와 시디를 거쳐 MP3를 맛봤다. 비디오테이프에서 DVD로 건너와 다운로드에 안착했다. 그러니 내게도 턴테이블과 타자기는 여전히 낯선 아이템이다. 그에 반해 필름카메라와 원고지에는 비교적 친숙하다. 아무튼, 그래도 굉장히 오랜 세월 그러한 경험을 잊고 살았다가 다시 찾았다는 측면에서 본다면 뉴트로 세대에 속한다고 할 수 있겠다. 하지만 그보다 더 정확히는 아날로그 감성에 가까운 사람이라고 부르고 싶다. 뉴트로라는 건 오래된 것이 힙하게 변형된 쪽을 좋아하는 거라면 아날로그 감성은 그냥 오래된 것 그 자체를 좋아하는 쪽에 가깝다는 생각에서다. 뭐 어쨌거나 이렇거나 저렇거나 다 비슷한 개념인 건 맞다.

얼마 전, 나도 엘피판을 듣기 위해 턴테이블을 샀다. 정말 다행인 건 지금은 더는 생산되지 않는 타자기에 반해 턴테이블은 새 상품이 계속 출시되고 있었다. 덕분에 프리미엄을 얹어주거나 발품을 팔지 않아도 손쉽게 구할 수 있었다. 그중에서도 내가 선택한 건 블루투스 모드나 MP3 파일 호환재생이 되지 않는 기본형. 마음 같아서는 정말 중고로 옛날 제품을 구하고 싶었지만 가격 차이가 너무 났다. 약 6만 원 정도를 지불하고 내 손에 들어온 갈색 케이스의 턴테이블. 하지만 기계만 있으면 뭐하나 LP판이 있어야지.

사실 믿는 구석이 하나 있다. 바로 아빠의 컬렉션.

어릴 때 아침잠을 깨우는 건 알람이 아니라 노래였다. 구석진 곳에 놓아둔 전축에서 흘러나오는 덜덜거리는 올드팝송. 그때는 그게 참 아름다운 풍경이라는 생각을 못 했다. 거슬리는 소리가 나를 억지로 일으켜 세우는 게 아니라 귀를 간질이는 멜로디에 저절로 몸을 일으켜 세우게 된다는 건 정말 감사할 일이었는데도 말이다. 아무튼, 시대는 변했어도 쉬이 물건을 못 버리는 성격 탓에 아빠는 그 엘피판들을 보관하고 있었다.

"아빠, 나 턴테이블을 샀는데 판이 없어. 하나만 줘요."

"없다. 다 버렸다."

"아빠가 버릴 사람이 아닌 거 내가 제일 잘 알아. 그러지 말고 하나 줘."

"동묘 가서 사. 널린 게 엘피판인데 왜 나한테 달라고 하냐. 없어. 없어서 못 줘."

그러더니 구석에서 뭔가를 뒤적이다 판 두 개를 내보였다. 케이스 귀퉁이가 다 닳아빠진 엘피판. 유명한 가수도 아니고 노래 제목도 모르지만, 턴테이블 위에 올려놓자 달달 거리며 잘 돌아간다. 지지직거리는 소리와 함께.

"왜 저런 걸 들어. 그냥 유튜브로 듣던지 MP3로 들어."

그런 타박에도 좋았다. 덜덜덜 거리는 진동도 지지직거리는 소음도 노래의 일부가 되어 어디서도 들을 수 없는 단 하나의 믹스테잎이 만들어지는 것 같아서 말이다.

그 후로 나는 틈만 나면 LP판 쇼핑몰과 중고서점을 뒤졌다. 그래서 내 소박한 컬렉션에 두 장을 추가했다. 덕분에 나는 느지막이 일어나 ABBA의 'Dancing Queen'을 들으며 바닥을

닦고 'Take a chance on me'를 들으며 식사 준비를 한다. 디지털 디톡스를 하는 날에도 음악을 들을 수 있게 되었다.

바늘이 판을 위로 따라가며 입혀진 노래를 읽어내는 건 첨단기술은 아닐 테니까. 아날로그니까 괜찮아하며 편을 든다.

하지만 턴테이블로 노래를 듣는 건 꽤 귀찮은 일이다. 우선, 재생시간이 20분 남짓밖에 되지 않아 자주 판을 뒤집어 줘야 한다. (물론 자동으로 넘어가는 턴테이블도 있다고는 하지만 내가 구매한 제품은 보급형 저가제품이라 그런 기능이 없다) 또 엘피판으로 노래를 듣는 건 꽤 비싼 취미에 속한다. 새롭게 나오는 판은 거의 없는데 사려는 사람만 있다 보니 중고라도 높은 가격에 팔린다. 특히 '보헤미안 랩소디'로 대세가 된 퀸 앨범은 없어서 못 팔 지경이고 부르는 게 값이란다. 나야 born to be 조막손이라 그런 큰 금액을 치르면서까지 살 일은 없겠지만 재즈를 좋아하는 탓에 중고서점에서 눈 딱 감고 2만원에 가까운 거금을 치르고 엘피판을 데려올 수밖에 없었다.

그래도 나는 좋다. 자주 판을 뒤집어 줘야 하는 귀찮음이 쉽게 구할 수 없다는 희소성이 번거롭기는 하지만 덕분에 한 곡 한 곡을 귀 기울여 듣게 된다. 멀티플레이를 위한 배경음악이나 화이트 노이즈로 전락하는 게 아니라 그 자체가 목적이 되어 가사를 음미하고 꼭꼭 씹어먹듯 선율을 따라간다. 덕분에 나는 요새 디지털 디톡스를 하는 날이면 귀 호강을 하고 있다. 그렇지 않은 날에도.

얼마 전 집 근처에 카페가 새로 오픈했다. 큰 단지가 많지 않은 동네다 보니 모든 가게가 딱 굶어 죽지 않을 정도로 한 둘씩만 있다. 결혼은 했지만 혼밥신세를 벗어나지 못하고 직업은 있지만 오피스가 따로 없는 내게는 참 열악한 환경이다. 그래서 이사를 할까 고민을 많이 했지만, 사통팔달에 가까운 지리적인 이점 때문에 쉬이 떠날 수가 없다. 그 와중에 새로운 아지트가 문을 열었다는 소식에 한달음에 달려갔다.

대로변 좋은 자리에 널찍이 위치한 그 카페는 입구에서 나를 망설이게 했다. 그랬다. 밖에서 얼핏 보기에도 대리석 탁자며 골드빛 의자며 럭셔리하면서도 모던하기 그지없었다. 왠지 잘 차려입고 들어가야 할 것 같았다. 하지만 남편은 맘에 든다고 했다. 보나 마나 사위와 같은 취향을 가진 우리 엄마도 좋아할 거다. 내 취향이 문제인 거다. 나야말로 빈티지를 누구보다 숭배해 마지않는 사람 아닌가.

이상하게 여행을 갈 때마다 일부러 그런 것도 아닌데 구도심에 숙소를 잡는다. 오래된 풍경에 때가 탄 모습 그리고 구식으로 흘러가는 시스템이 좋다. 바코드를 찍어 계산하는 곳보다는 귀퉁이가 바랜 장부에 수기로 흘겨 적는 곳이 더 정감이 간다. 깨끗하고 세련된 옷보다는 넉넉하고 기이한 패턴과 촌스러운 색감의 옷이 더 편하다. 조명이 들어오는 램프로 안전하고 멋스럽게 캔들을 태우기보다는 촛농이 잔뜩 흘러내린 양초에 불을 붙여 일렁이는 편이 따스하게 느껴진다. 고급스러운 가죽가방보다는 천가방 혹은 조악한 프린트의 에코백이 더 눈길이 간다.

이런 나의 취향이 시대에 뒤떨어졌어도 한참 뒤떨어졌다는 걸 안다. 예전에는 내가 선택한 것이라는 마음에서 전혀 불안하지 않았다. 하지만 요즘엔 어쩐지 내가 나이가 들었다는 혹은 내가 늙어가고 있다는 증거 같아 불안하다.

일주일에 하루는 디지털 디톡스하자는 마인드 자체가 구닥다리가 아닐까 싶어 내가 하는 이 모든 게 회의적으로 느껴졌다. 그래도 어딘가에 나와 같은 생각을 하고 있을 사람들이 있을 것만 같다. 내가 트렌디하지 못한 사람이라는 증거라도 상관없다. 뉴트로든 레트로든 아날로그든 빈티지든 느리고 불편한 삶의 방식을 한 번쯤 같이 생각해보고 싶다. 나의 이 얼토당토않은 체험이 그런 담론을 일으키는 파문이 되고 싶다.

턴테이블로 노래를 듣는 건 꽤 귀찮은 일이다.

멀티플레이를 위한 배경음악이나 화이트 노이즈로 전락하는 게 아니라 그 자체가 목적이 되어 가사를 음미하고 꼭꼭 씹어먹듯 선율을 따라간다. 덕분에 나는 요새 디지털 디톡스를 하는 날이면 귀 호강을 하고 있다. 그렇지 않은 날에도.

도시농부 되다

태어나기도 전 나의 의지와는 상관없이 빼앗긴 것들이 있다. 오랫동안 잊고 살았고 아니 아예 자각조차 하지 못했다. 그걸 조금이나마 느끼게 된 건 한 권의 책 『봉고차 월든』 덕분이다.

월든의 21세기 버전이라고 할 수 있을 법한 이 작품은 저자가 알래스카로 아르바이트를 떠나 봉고차에서 먹고 자며 학업을 마치는 내용으로 구성되어 있다. 그는 알래스카 하늘의 쏟아지는 별들을 보며 편리한 삶과 자신이 무엇을 바꿨는지 알았노라고 했다.

나 역시 다르지 않았다. 태어나자마자 아파트에서만 거주했고 그 흔한 시골에 사시는 할머니 할아버지도 없었다. 그러니 자연을 경험하는 기회라는 게 있을 리 없었다. 손에 흙 묻힐 일도 동물이나 곤충을 가까이서 볼 일도 사계절의 흐름을 생생히 느낄 일도 없었다. 그걸 모르고 살았으니 자연이 살아가는데 얼마나 중요하겠나 싶었다. 막연한 믿음은 디지털 디톡스를 하며 산산이 부서졌다.

아궁이로 불을 지펴 난방하고 천연 슬로프에서 눈썰매를 타고 오래된 책장의 책을 보며 따뜻한 옛것들에 눈을 떴다. 비싼 옷을 입고 귀한 가방을 들지 않았어도 오히려 내 마음이 조금 더 우뚝 서는 듯한 기분이 들었다. 내 존재는 외부의 그 무엇으로도 규정될 수 없다는 생각이 점점 짙어졌다. 그 하루가 나를, 내 철학을 바꿔놨다. 그래서 이번에는 도시농부가 되어보기로 했다.

하지만 바로 실행에 옮길 수는 없었다. 연 단위로 신청을 받는 텃밭 분양을 기다려야 했다. 대부분은 2월까지 신청을 받고 1년 동안 임대할 땅을 정해준다. 그러면 계절별로 경작을 하게 되는데 나는 그 생각을 가을 늦게나 했던 것이다. 꽃이 피는 만물의 봄인 3월이 올 때까지 기다리면서 틈틈이 주말농장이나 텃밭을 가꾸시는 분들의 이야기를 찾아 읽었다. 그러다가 우연히 구청에서 아주 저렴한 가격으로 아니 거저나 다름

없는 가격으로 추첨을 통해 주말농장을 분양한다는 사실을 알게 되었다.

'이거다! 이거!'

그때부터 구청 홈페이지를 들락날락하기 시작했다. 새 소식란을 눈이 빠지게 쳐다보고 또 쳐다봤다. 그간의 일정을 확인해보니 1월 말과 2월 사이에 공고가 나는 것 같아 나름의 계획을 짰다.

플랜 A → 구청 주말 텃밭을 분양받는다. 5평짜리 표준형이 아닌 2.5평짜리 소형을 신청하고 사용료 만 원을 낸다.

플랜 B → 추첨에서 떨어질 경우, 민간 주말농장의 문을 두드린다. 이 경우 관리비와 물세를 포함한 비용은 일 년에 10만 원에서 20만 원 사이다.

플랜 C → 이도 저도 다 안 될 것 같으면 엄마의 지인에게 부탁해 충북 쪽 작은 땅이라도 염가에 빌려 경작을 해본다.

대망의 접수가 시작되었다. 신청 기간이 짧은 탓에 잽싸게 신청을 했다. 부모님 명의로도 텃밭을 신청할까 했지만 그렇게까지 할 필요가 있나 싶어 말았다. 아무래도 구민들에게 혜택이 골고루 돌아가야 하니 말이다. 하지만 이때까지도 내 예상을 뛰어넘는 훨씬 많은 수의 사람들이 이 기회를 기다린다는 걸 몰랐다. 운이 좋게 2.5평짜리 텃밭에 당첨되었고 오리엔테이션에 참가하러 아침 일찍 구청 강당으로 향했다. 뽑기를 통해 자리를 정하기 때문에 가족 구성원 중 한 명은 반드시 가야 했다.

오전 10시, 올빼미형 인간인 나는 제대로 떠지지도 않는 부은 눈을 하고 잠긴 목소리가 나오든 말든 개의치 않고 일어나자마자 장소로 향했다.

세상에……. 거의 500명이 가까운 사람이 모였다. 그야말로 인산인해였다.

"우린 지난번에 떨어지고 이번이 두 번째예요."

옆에 앉은 아주머니가 말씀하셨다. 신청만 하면 거의 다 되지 않을까 싶었는데 그게 아니라니. 내 주변에는 한 번도 텃밭이나 농장을 해보고 싶다는 사람을 보질 못해서 경작에 관심 있는 사람이 많은 것에 의아했다.

"우리 아들이 초등학생인데 엄청 좋아해. 그래서 하는 거예요."

미취학이나 초등학교 저학년의 자녀를 둔 가구가 많았다. 신혼부부이면서 아이가 없는 집은 거의 없어 보였다. 적어도 강당 안에 옹기종기 모여앉은 사람 중에 젊은 축에 속하는 건 나 외에 극소수뿐이었다.

이날의 오리엔테이션은 단순히 구역을 정하기를 위한 것만은 아니었다. 그건 잠깐이었고 경작에 대해 잘 모르는 구민을 대상으로 재배작물과 방법에 대해서 알려주고 전반적인 가이드를 제공했다. 너무 졸리고 피곤해서 대충 들으려 했는데 그 내용이 자못 파격적이었다. 나는 심고 싶은 것이면 아무거나 아무 때나 경작하면 되는 줄 알았는데 작물마다 시기가 정해져 있다니.

계절별 파종시기가 정해져 있어 이를 잘 지켜야 했다. 봄에 심어야 할 작물을 여름이나 가을에 심을 수는 없는 법이었다. 물론, 비닐하우스나 멀칭 등의 방식을 이용해서 좀 더 나은 환경을 만들어 주면 가능할 수도 있겠지만 구청의 주말농장은 되도록 그런 방식을 허용하지 않는다고 했다. 설명을 들으며 계절에 맞게 자연스럽게 키워보기로 마음을 먹었다.

남편과 밭에 심을 채소를 상의했다. 초보에게는 손이 많이 안가는 쌈채소가 좋고 씨앗보다는 모종 심기부터 하는 경우가 많은 것을 참고하여 상추와 치커리를 키우되 대신 파종부터 시작해 그 모든 과정을 지켜보기로 했다. 실패하더라도 배운다고 생각하고 또 경험이라고 생각하기로 했다.

『텃밭에서 일년살이』라는 소책자를 들여다보고 또 들여다봤다. 마음은 이미 밭에 가 있었다. 사실 제일 경작하고 싶은 건 고구마와 토마토였지만 그건 다음번으로 미뤄두고 일단은 재배하기 쉬운 채소로 정했다. 그리하여 우리는 부푼 꿈을 안고 씨앗 삼종을 구매하고 기다렸다.

추첨 후 보름 뒤 드디어 우리 소유의 2.5평 텃밭으로 향했다. 인천에서 30년 넘게 산 탓에 웬만한 곳은 다 가봤고 웬만한 곳은 다 안다고 생각했는데 한 번도 다녀본 적 없는 길로 내비게이션이 안내했다. 길이 없을 것 같은 곳으로 들어가니 제법 널찍한 공터가 보였고 맞은 편에는 신기하게도 하천이 넓게 뻗어있었다. 후에 안 사실이지만 이곳은 시외라고 하기에는 좀 번화한 곳이었는데 쏙 들어간 안쪽 편에 자리하다 보니 처음 오는 사람들은 의심을 한다고 했다. 아무튼, 첫인상은 좋았다. 날이 좀 더 좋아지면 텃밭을 가꾼다는 핑계로 반려견을 데려와 산책도 할 수 있을 것 같았다.

"안녕하세요."

쭈뼛쭈뼛 인사를 건네니 관리 기사님은 우리가 올해 처음으로 당첨된 초보 농사꾼이라는 걸 알아채시고는 안내를 해주셨다. 호미나 삽과 같은 기본적인 물품은 대여해주지 않으니 꼭 지참해야 하고 수도와 물 양동이가 곳곳에 있으니 사용 후에 꼭 정리하고 또 될 수 있으면 일회용품은 사용하지 말아 달라고 당부하셨다. 그 이야기에 알겠노라 고개를 끄덕이고 추첨받은 자리표를 보여주자 농장 끝쪽을 가리키셨다.

설레는 마음으로 엄마에게 받아온 돌아가신 할머니의 손때가 묻은 호미를 들고 달려갔다. 농장의 맨 가장자리에 자그마한 텃밭이 우리를 기다리고 있었다. 아무것도 없는 이랑조차 골라져 있지 않은 맨땅이었다. 신랑과 나는 시선을 교환하며 일을 시작하자는 사인을 서로에게 보냈다.

준비해 온 세 가지 종류의 씨앗을 심기 전에 구역부터 나누기로 했다. 그러지 않으면 작물이 한 데 엉켜 엉망이 된다는 이야기를 들어 세 토막으로 나누어 주고 호미로 속흙을 파내어 겉흙과 골고루 섞어주었다. 조금씩 헝클어져 가는 텃밭.

곡성에서 오랫동안 사신 할머니 할아버지 덕분에 시골살이를 경험해본 신랑은 나보다 좀 더 나았다. 척척 이랑을 만들고 너무 깊지도 너무 얕지도 않은 깊이로 구덩이를 파 씨앗을 조금씩 묻고 흙으로 덮어주었다.

나의 서툰 호미질이 민망할 정도로 능숙한 신랑을 보니 흙을 만져본 게 언제인지 가물가물할 정도로 내 삶은 자연과 멀어져 있었다. 잘 손질한 손톱 사이사이에 흙이 끼는 게 싫다고 옷자락에 흙이 묻어 더러워지는 게 싫다고 일부러 피해 다녔다. 어릴 때는 철퍼덕 모래 위에 앉아 소꿉놀이하기도 하고 친구들과 함께 환경미화를 한다고 화단에 꽃모종을 심기도 했었는데……. 거기까지 생각이 미치자 정말 옛일 같다는 생각에 조금은 겸연쩍기도 했다.

보들보들한 흙을 손 위에 놓고 일부러 다른 쪽 손가락으로 헤집어 만져봤다. 보들보들하면서도 적당한 물기가 느껴지는 그 오묘한 감촉이 좋았다. 손끝으로 몇 번을 더 만져보고 몇 번을 더 비벼 보아도 낯설기만 했다.

'내가 왜 이런 걸 모르고 살았지?'

고개를 절레절레 흔들며 다시 씨앗 심기에 열중했다. 다른 집은 다섯 평짜리 자리를 받아 욕심껏 모종도 심고 다양한 작물을 재배하기로 했나 본데 우리는 그중에서도 제일 간단한 쌈채소 세 종류뿐이니 일이라고 하기에도 민망할 정도였다.

생각보다 빨리 끝난 밭 돌보기 후 우리는 가장자리에 앉아 다른 사람들을 구경하기로 했다. 멀리까지 펼쳐져 있는 땅이 낯설게 느껴졌다. 시야를 가리는 게 아무것도 없다는 게 신기했다. 하늘과 땅의 경계선이 또렷이 보이는 게 이상했다. 다른 가족들이 밭에 물을 대고 열을 맞춰 모종을 심는 모습이 한눈에 들어왔다. 누군가는 가운데 자리한 정자에 앉아 챙겨온 간식을 먹으며 시간을 보내고 있었다. 오랫동안 책 속에서만 만날 수 있던 '목가적'이라는 단어가 절로 떠올랐다.

'옛날에는 늘 이런 모습이었겠지? 차도 없고 공장도 없고 직업도 다양하지 않던 시절. 적어도 우리 할머니 할아버지 때는 말이야.'

내가 경험도 해본 적이 없는 시절이 그리워지기 시작할 무렵 엉덩이를 털고 자리에서 일어났다.

몇 달 전부터 설레발을 치던 딸내미를 옆에서 봐왔던 엄마는 못내 궁금했는지 어땠는지 물으셨다.

"너무 좋았어. 그냥 모르겠어. 기분이 이상해. 흙이 이런 감촉이었어?"

으레 그랬듯 과장된 표현과 밑도 끝도 없는 감상을 늘어놓는 막내딸의 말에 엄마는 곧 익숙해질 거라고 웃어넘겼다.

그리고 틈틈이 밭을 찾았다. 초반 몇 주는 변화가 거의 없었다. 그런데 어느 날 날씨가 조금 더워졌다 싶어 주말농장을 찾으니 치커리와 상추가 부쩍 자라있었다. 고개를 내민 것을 넘어서서 껑충 자라있었다.

"이거 신기하다. 이렇게 잘 자라?"

우리가 해준 거라고는 와서 한 번씩 물을 주고 섞인 잡초를 뽑아준 것뿐인데 이렇게나 빠른 속도로 성장한다는 게 믿을 수 없었다.

"다음번에는 동구도 데려오자!"

반려견을 데리고 오면 안 된다는 말은 없었기에 우리 텃밭까지는 안고 들어오고 그다음에는 리드줄을 채운 채로 땅에 내려놓기로 했다. 6.3kg 나가는 다 큰 아들내미를 힘겹게 모시고(?) 들어오니 그 광경을 보신 한 아주머니가 굳이 그렇게까지 하지 않아도 된다고 했다. 그다음부터는 구역 사이로 난 길로만 잘 따라오게끔 줄을 짧게 잡고 셋이 한 줄로 걸었다. 동구는 신이 난 것 같았다. 줄이 팽팽해지는 것뿐만 아니라 입을 벌리며 특유의 미소를 짓고 있었다. 우리 밭에 도착해서는 상추에 코를 가져다 대고 킁킁대며 냄새를 맡고 끝을 살짝 뜯어먹기까지 했다.

"동구도 흙을 좋아하나 봐."

아스팔트 바닥만 걷던 녀석에게도 보들보들한 감촉의 흙바닥이 나쁘지 않았나 보다. 이리 뛰고 저리 뛰고 신이 났는데 우리는 다른 집 작물에 해를 끼치게 될까 봐 오히려 조바심이 나면서도 기뻤다. 잘 데려왔구나 싶어서 말이다.

그 사이 상추와 치커리는 더 많이 자라 빈 땅이 보이질 않을 정도로 무성해져 있었다. 나는 그걸 한 움큼 뜯어 손에 들고는 물 양동이를 들고 오는 신랑에게 내보였다.

"이거 치커리 부케야."

유기농 웨딩이 텃밭에서 진행되고 있었다. 순백의 드레스와 완벽한 화장 대신에 트레이닝복 바지를 입고 선크림을 잔뜩 발라 얼굴이 허옇게 뜬 신부. 우리는 쉴 새 없이 웃었다. 일부는 뽑아 양손에 들고 일부는 편의점에서 까만 봉지를 공수해 와 담았다. 둘로 나누어 미용실에 계신 엄마에게도 드시라고 안겨드렸다.

"이게 뭐예요?"

"저희 텃밭에서 경작한 거예요. 혹시 필요하시면 좀 가져가세요."

"어디서 그런 걸 다 얻었대요? 얼마나 해요?"

"일 년에 만 원이요."

"네???"

"구에서 하는 거랑 싸요."

엄마의 머리를 말고 계셨던 미용실 아주머니가 놀라 물으시더니 자신도 내년에 도전해봐야겠다고 부럽다고 재밌게 산다고 해주셨다.

알아채지 못하고 살아도 식물들은 우리 곁에 존재하고 있다. 하나도 저절로 크는 게 없다. 질소가 풍부한 비를 맞으며 바람에 흔들리며 땅에서 양분을 흡수하며 그렇게 자라난다. 그 과정을 옆에서 지켜보고 도와줄 수 있다는 게 주말농장의 가장 큰 기쁨이나 수확이라고나 할까?

누군가는 쌈채소를 돈 주고 키우느니 사다 먹는 게 더 싸다고 그걸 왜 일부러 하느냐고 하기도 했다. 하지만 나는 일 년 동안의 소꿉장난 같았던 도시농부의 생활을 통해서 잊고 지냈던 당연한 섭리와 기쁨을 되찾았다.

마치 헬렌 켈러가 '워터'라는 말을 손에 담긴 물을 느끼며 깨달았듯 '자연'을 내 손에 들린 식물의 존재로 깨달을 수 있었다. 한순간에 퍽하고 터져 가슴까지 뭉클해지게 만드는 경험이었다.

알아채지 못하고 살아도 식물들은 우리 곁에 존재하고 있다. 하나도 저절로 크는 게 없다. 질소가 풍부한 비를 맞으며 바람에 흔들리며 땅에서 양분을 흡수하며 그렇게 자라난다.

숲에 안기다

숲으로 가자.

이번 여행의 목적지는 휴양림이다. 들어는 봤는데 가본 적은 없는 휴양림. 수목원처럼 나들이를 즐길 수 있는 공원같은 곳인가 싶기도 했고 아니면 캠핑을 즐길 수 있는 공간인가 싶기도 했다. 그것도 아니면 수려한 산세를 뽐내는 곳에서 자연을 즐길 수 있게 조성된 숙박시설인가 싶기도 했다.

셋 다 맞다. 비교적 완만한 비탈길을 오르내리며 숲을 만끽할 수 있기도 하고 야외데크와 세면시설이 갖춰져 있어 캠핑할 수도 있으며 보기만 해도 속이 뻥 하고 뚫리는 듯한 멋진 산을 감상할 수도 있었다. 나라에서 관리하는 곳을 국립자연휴양림이라고 하는데 이번만큼은 반려견과 함께 디지털 디톡스를 경험할 수 있는 반려견 동반 휴양림으로 향했다.

운이 좋았다. 자연을 보호하기 위해서 또 관람객들의 쾌적한 이용을 위해 반려견의 입장을 제한하는 곳이 많은데 때마침 반려견과 함께 숙박까지 할 수 있는 휴양림이 양평에 오픈했다는 걸 알게 되었다.

아기나 다름없는 반려견과 함께 움직이는 것은 만만치 않은 일이다. 그래서 목적지에 일찍 도착하려고 하기보다는 주변을 찬찬히 둘러보고 자주 멈춰서 서로에게 편한 여행길을 만들고자 했다. 다행히 양평은 반려견 동반 시설이 제법 많아 식사를 해결하기에도 차를 한잔하면서 쉬기에도 좋았다. 무엇보다 평일인 데다가 부슬부슬 비가 내리는 터라 사람들이 많지 않았다. 혹시라도 동구가 다른 손님에게 피해를 끼치지는 않을까 걱정하지 않아도 되었고 좁은 공간에 다닥다닥 붙어 앉아 불편하지 않을지를 걱정하지 않아도 되었다. 그 덕분일까? 차를 타고 이동하는 시간이 한 시간 넘어가면 멀미 비슷한 걸 하던 녀석이 다행히 편히 잘 있는 눈치였다. 가는 길은 그렇게까지 험하지 않았지만 구불구불한 길이 이어지더니 다소 외진 곳으로 우리를 인도했다.

입실을 위해서는 동물등록증과 광견병주사 접종 증빙서류

가 필요하다. 그러니 사전에 반려견 등록은 필수! 몇 가지 질문 끝에 입실허가가 떨어졌다. 우리는 주섬주섬 짐을 챙겨 연립동 숙박시설에 짐을 풀었다.

원룸 형태의 자그마한 방. 특이하게도 에어컨은 보이지 않았다. 지금은 그 규칙이 바뀐 곳도 있지만, 당시만 해도 휴양림에서는 자연을 최대한 원형 그대로 보존하고 해를 끼치지 않기 위해 에어컨이 설치되어 있지 않았다. 대신 우리에게 주어진 건 작은 선풍기 한 대. 이 정도면 괜찮다 싶었다. 크게 바라는 것이 없으니 모든 게 부족함이 없었다.

"일단 산책을 좀 할까?"

부슬비는 멈출 줄을 몰랐지만, 실내에만 있기에 공기와 산세가 너무 좋았다. 피톤치드가 사방에서 느껴질 정도로 상쾌한 공기가 온몸을 꽉 채우는 느낌이었다. 리드줄을 채우고 동구를 앞세우고는 산책을 했다. 휴대폰도 사용할 수 없기에 오롯이 자연에만 집중했다. 기묘한 모양새의 나무들이 눈에 들어왔다. 동구는 오랜만에 자연의 내음을 맡아 신이 나는지 이리 뛰고 또 저리 뛰었다. 덕분에 우산을 제대로 쓰지 못해 옷자락이 젖었지만 크게 신경 쓰지 않기로 했다. 비가 잦아든다 싶으면 우리도 그냥 우산을 접고 함께 낄낄대며 따라 뛰었다.

반려견 동반 휴양림에는 다른 곳과는 달리 반려견 운동장도 갖춰져 있다. 어질리티 놀이를 즐길 수 있는 시설과 쉴 수 있는 벤치가 있었고 적당히 뛰놀만한 잔디밭이 있었다. 이용객은 우리를 포함해 딱 두 팀뿐이었다. 다른 견주분에게 인사를 건네고 그제야 리드줄을 풀어주었다. 평소 인간친화적이지만 개친화적이지 않던(?) 동구는 다행히 다른 강아지와도 잘 노는 듯 보였다. 서로를 쫓고 냄새도 맡으며 빗속을 맹렬히 달렸다. 우리는 한쪽에 앉아 강아지들이 비를 맞으며 노는 모습을 지켜봤다.

뛰노는 모습을 보니 나도 개였으면 좋겠다는 생각을 했다. 대자연 속에서 비가 내리든 말든 신이 나 뛰고 달리는 모습이 부러웠다.

평소 스마트폰 덕분에 심심할 틈이 없지만 그걸 진정한 놀이라고 부를 수 있을까 하는 생각이 들었다. 어릴 때는 나도 동구처럼 친구들과 함께 놀이터에서 술래잡기도 하고 무궁화 꽃이 피었습니다를 하기도 했는데 어느 순간 몸을 부딪치고 끊임없이 움직이던 놀이가 너무 정적으로 변해버렸다. 그게 아쉬웠다. 나도 변했고 세상도 변한 탓인 듯싶었다.

실컷 놀다 보니 배가 고파졌다. 디지털 디톡스를 한다고 해서 푸짐한 상을 차리면 안 된다는 법은 없지만, 이번만큼은 그냥 소박한 식사를 하기로 했다. 별다른 상차림도 없이 바비큐 파티도 없이 미리 가져온 찬과 밥을 먹었다. 텔레비전을 꺼두고 스마트폰을 사용하지 못하니 우리의 밥상은 대화와 식사 단 두 가지로만 단출하게 채워졌다.

열린 창틈으로 자연의 내음이 쏟아져 들어오니 동구가 가만히 있질 않고 자꾸 나가고 싶은 눈치였다. 창틀에 발을 걸치고 서서 또 산책가자며 졸라댔다. 그냥 내버려 두자니 안쓰러워 다시 한번 데리고 나와 걸었다. 문만 열면 숲이 있으니 1일 2 산책도 어렵지 않았다. 귀찮기보다는 그 참에 한 번 더 산림욕을 한다는 생각에 오히려 반가웠다.

그날 밤, 무엇을 할까 하는 깊은 생각에 빠졌다. 스마트폰을 할 수도 텔레비전을 볼 수도 없으니 뭔가를 해야 할 거리를 찾아야만 할 것 같았다. 하지만 무엇을 하지 않아도 괜찮겠다는 생각이 들었다. 요즘 들어 부쩍 피곤해하던 남편은 일찍 잠자리에 들었다. 나는 그냥 이 시간을 오롯이 즐기면서 흘려보내고 싶었다. 통창을 열어두고 창가에 앉아 비가 내리는 모습을 바라봤다. 켜진 외등 덕분에 밤 풍경이 어둑하지만은 않았다. 까만 밤 흐릿하게나마 보이는 빗줄기 그리고 그 뒤로 몸을 꽂

꼿이 세우고 팔을 한껏 위로 뻗은 것만 같은 나무들. 그 광경을 보고 듣고 있자니 시간이 잘만 갔다. 그런데 갑자기 동구가 저지레를 하더니 아주 작은 틈을 통해 숙소를 빠져나갔다.

"일어나봐요! 동구가 뛰쳐나갔어!!!"

당혹스러워 남편을 흔들어 깨웠다.

"동구가?"

우리 둘은 우산을 제대로 펼 새도 없이 그대로 신발을 꺾어 신고는 밖으로 나가 이름을 애타게 불렀다.

"동구야! 동구야!"

그때 저 멀리 암흑 속에서 녀석이 뛰쳐나왔다. 웬일인지 함박웃음을 짓고 있었다. 그리고는 다시 그쪽으로 뛰어갔다. 나와 신랑은 놓칠세라 질퍽질퍽한 길을 달려 녀석의 뒤를 따라붙었다. 멀리 대치하고 있는 고양이와 동구가 보였다.

"아, 뭐야."

고양이만 보면 흥분을 감추지 못하는 녀석이 냄새를 맡고 쫓아나간 것이었다. 나는 조심조심 근처로 다가가 동구를 잡으려 했다. 그런데 그새 다시 후다닥 도망간다. 이 상황을 오히려 즐기는 듯 보였다.

"동구야, 비도 오고 고양이도 싫다고 하잖니. 얼른 들어가자."

나는 남편에게 신호를 보냈다. 도주로를 막으라고. 신랑은 말없이 빙 돌아 동구의 뒤쪽에 섰다. 나는 조금씩 몰이를 하듯 간격을 좁혀 나갔다. 등을 둥글게 말아 부풀리고 있는 고양이와 신이 난 강아지 그리고 쫄딱 젖은 인간 둘. 이 평행선을 달리는 게임에 종지부를 찍은 것은 고양이였다. 위협적인 자세를 해도 돌아갈 기미가 보이지 않자 잽싸게 나무 위로 도망간 것. 절대 따라갈 수 없는 곳으로 피신하자 동구는 그제야 포기를 한 듯싶었고 나뭇가지 위의 고양이에게 정신이 팔린 사이 신랑이 녀석의 몸을 뒤에서 잡았다.

"잡았다! 요놈!"

물에 젖은 생쥐꼴을 한 동구를 보니 한 대 쥐어 박아주고 싶은 마음이 누그러들었다.

"역시 동구는 털 빨이네."

한가롭던 밤의 정적을 깨고 땀을 꽤 뺀 덕분에 정신이 또렷해져서 잠자리에 들기 쉽지 않았다. 이른 시간이기도 했고. 그래서 챙겨온 보드게임으로 간단히 판을 벌리기로 했다. 우리가 챙겨온 건 '패치워크'와 '보난자'였다. 아무래도 주로 신랑과 둘이서만 하게 되다 보니 다인용 보드게임은 우리에게 잘 맞지 않았다. 그래서 추천을 받은 게 2인만 할 수 있는 '패치워크'였는데 생각보다 게임이 아기자기했다. 단추와 천 조각을 가지고 하나의 조각보를 완성하는 게임이었는데 20분도 채 지나지 않아 끝이 났다. 두어 판을 더 했는데 그때마다 신랑이 이기는 바람에 김이 빠졌다. '보난자'는 구성이 단출한 카드게임으로 공간도 크게 필요 없고 룰도 비교적 간단하지만 적어도 셋이 해야 하다 보니 우리에게 맞춰 규칙을 조금 바꿨다. 몇 번의 시행착오를 거쳐 변형룰로 진행하니 나름 재미있었다. 콩을 많이 심어 금화를 더 많이 획득하는 쪽이 이기는 게임인데 운도 크게 작용하는 터라 승패가 고르게 돌아갔다. 앞서 내리 지기만 했던 설욕을 '보난자'로 갚아줄 수 있었다.

이튿날 체크아웃을 하고 돌아오는 길에 휴양림에서 우리가 한 것들을 떠올려봤다. 잔디밭에서 뛰어놀기. 산책하기. 밥해 먹기. 풍경 감상하기. 고양이와 강아지 떼어놓기. 보드게임 하기. 이게 전부였다. 무엇에 크게 의존하지 않아도 이렇게 슴슴하게 하루가 지나갈 수 있다는 게 신기했다. 숲에 폭 안겨 쉴 수 있었던 1박 2일이었다.

평소 스마트폰 덕분에 심심할 틈이 없지만 그걸 진정한 놀이라고 부를 수 있을까 하는 생각이 들었다. 어릴 때는 나도 동구처럼 친구들과 함께 놀이터에서 술래잡기도 하고 무궁화 꽃이 피었습니다를 하기도 했는데

슬로우 트래블

기차에 대한 안 좋은 추억이 하나 있다. 내가 중학생이던 시절, 천안에 사시던 고모 댁에 놀러 간 적이 있다. 당시 무슨 일 때문인지는 정확하게 기억나지 않지만, 부모님이 바쁘셔서 언니와 나 단둘만 기차를 타고 내려가게 되었다. 성수기였던 탓에 남아있는 좌석이 한자리뿐이라 하나는 입석표를 끊을 수밖에 없었다. 지금처럼 KTX가 있던 시절도 아니니 분명 고생을 할 터였다. 다행히 무궁화호의 입석은 그리 나쁘지 않았다. 심지어 비상 좌석으로 빼둔 것으로 추정되는 빈자리가 하나 중간에 나서 엉덩이를 붙이고 조금은 편히 올 수 있었다.

하지만 문제는 올 때였다. 집으로 돌아오는 편은 통일호라 열차 안이 매우 좁고 복잡했다. 나는 통로에 기대어 섰다가 연결칸에 나가 서 있다가 이리저리 떠돌며 시간을 보내야 했다. 내려갈 때와는 달리 중간에 비는 자리도 없었다. 마치 서서 벌을 받는 기분이었다. 그 후로 기차여행 소리만 들으면 저 때의 기억을 제일 먼저 떠올리며 망설이곤 했다.

디지털 디톡스를 시작하고 나서 나도 모르게 무궁화호를 타고 가는 슬로우 트래블을 해보자는 생각이 떠올랐다. 이제는 빠르고 편하게 갈 수 있는 여행을 반대로 느리고 조금은 불편하게 가보자는 거였다. 어쩌면 느릿느릿한 여정이 빠른 디지털 문명을 잠시 떠나 느린 아날로그 생활을 해보자는 이 실험의 취지와도 맞을 것 같았다. 그래서 무궁화호를 타고 갈 수 있는 여행지를 찾기 시작했다. 그러다 우연히 내 눈에 들어온 낯선 지역 하나. 바로 '완주'였다.

완주는 전주와 붙어있지만, 이름을 듣고 한 번에 알아차리는 외지인은 많지 않을 거다. 나 역시도 들어본 적 있다는 생각을 했지만, 그곳이 무엇으로 유명한지는 잘 몰랐다. 그런데 완주는 흥미로운 곳이었다. 그중에서도 삼례역 주변으로 형성된 문화예술촌이 그랬다. 역에서 걸어서 5분 안팎 거리에 게스트하우스, 갤러리, 공방 그리고 북카페가 밀집해 있었다.

하나 더, 완주군에서 지원을 해주는 프로그램도 하나 있는

데 귀농이나 귀촌에 관심이 있는 청년들을 대상으로 짧게는 3박 4일에서 길게는 한 달까지 체류비 일부를 지원한다는 것이었다.

'이거다. 이거.'

그리하여 그곳으로 떠나기로 마음을 먹고 프로그램에 신청했다. 언젠가는 자연으로 돌아가 살 생각을 하고 있기도 했으니까. 그리고 답이 왔다. 3박 4일 체류 프로그램 신청이 완료되어 여행 일정을 확정해 달라는 것이었다. 나는 그렇게 완주로 천천히 느릿느릿 떠나는 여행을 하게 되었다.

완주에 가는 방법에는 여러 가지가 있겠으나 내가 선택한 것은 당연히 용산역에서 삼례역까지 3시간이 조금 넘게 걸리는 무궁화호 행이었다. 오래 걸리는 만큼 푯값도 저렴했다. 만원대의 아주 합리적인 가격. 이제 얼마나 걸릴 지보다 가는 동안 어떤 책을 읽을지가 초미의 관심사가 되었다. 적당히 두꺼우면서도 비교적 술술 잘 읽히는 서적이어야 했다. 여행 짐은 대충 꾸려놓고는 후보군으로 추려놓은 책 세 권을 모두 다 챙겨가기로 했다.

여행 가기 전날, 신기하게도 가슴이 두근거렸다. 이제는 어딜 가도 크게 감흥이 없는데 오랜만에 기차여행을 한다는 생각에 또 혼자 떠난다는 생각에 설렜다. 세월을 거슬러 올라가는 것만 같아 기대가 앞섰다. 그래도 밤잠을 설치는 일은 없었다.

예정된 시간에 맞춰 용산역에 도착해 발권하고 완주로 향하는 무궁화호에 올라탔다.

예전에도 느낀 거지만 무궁화호 정도면 꽤 훌륭한 교통편이라고 생각한다. 물론 좌석이 뒤로 완전히 젖혀지는 건 아니지만 허리가 아파 뒤척일 정도는 아니다. 게다가 평일 낮 시간대 열차 안은 한산했다. 창가 자리를 차지하고 몸을 쭉 펴고 가는데 끝까지 내 옆에는 아무도 앉지 않았다.

원래는 읽을 책을 챙겨 왔으니 도착할 때까지는 독서에 열중할 생각이었다. 그런데 어느 정도쯤 왔을까? 넓게 펼쳐진 초록의 평야에 정신이 팔려버렸다. 나뭇잎에 송골송골 맺힌 물방울. 뻥 뚫려 아무것도 가릴 것이 없는 광경에 어느덧 책은 뒷전이 되고 말았다. 편리하다는 이유로 좀 더 빠른 여행만 해왔으니 이렇게 천천히 달려가는 게 어색하면서도 신기하기만 했다.

삼례는 내가 예상했던 것보다 작고 조용한 동네였다. 높은 건물 없이 낮은 집들과 가게가 오밀조밀 모여있고 그 사이사이로 보이는 푸른 들판이 인상적이었다. 자전거를 빌려 한 바퀴 휙 돌면 좋을 것 같은 한적한 산책로도 보였다. 일단 짐을 풀고 프로그램에 대한 설명을 듣고 난 뒤 본격적으로 돌아보기로 했다.

작은 마을이라고 한 게 무색하게 숙소를 코앞에 두고 몇 바퀴를 돌았다. 그렇게 헤매다가 어쩔 수 없이 전화를 걸어 위치를 물었다. 그리고도 한참 뒤 내가 제일 먼저 스쳐 지나왔던 건물이 바로 3박 4일 동안 묵을 곳임을 깨달았다.

"네, 못 찾고 헤매시나 했죠. 여기가 그래도 역에서 가까운 편인데."

꽁지머리를 한 사장님이 인사를 건넸다. 음악을 하시는 분이라고 들었는데 그런 느낌이 정말 들어서 나도 모르게 피식하고 웃어버렸다.

"완주에 대해서 어떤 부분이 궁금하세요?"

"저는 당장 귀농 귀촌을 할 건 아니고요. 막연하게 언젠간 이주를 할 생각을 가지고 있기는 해요. 일단 쉬면서 찬찬히 둘러보고 싶고 책도 많이 읽고 좀 걷고 싶어요."

원래 서울에 사셨다는 사장님은 이곳저곳을 돌다 완주에 정착하셨다고 했다. 자신도 이곳에서 살게 될 줄은 몰랐다고. 편히 쉬면서 둘러보고 궁금한 게 있으면 언제든 물어보라는 말씀을 남기시고 숙소로 안내를 해주셨다.

체크인함과 동시에 그동안 했던 것 중에 가장 긴 3박 4일간의 디지털 디톡스가 시작되었다. 대신 룰을 조금 바꾸기로 했다. 내가 내려온 날은 마침 평일인 데다가 새 책이 나온 지 얼마 안 된 시기였다. 출판사에서 급한 연락이 올지도 모르는데 아날로그 세계로 피신해 잠수를 탈 수만은 없는 일이었다. 그래서 하루에 한 시간만 업무를 위해 인터넷을 사용하기로 했다. 오기 전에 친한 사람들이나 가족들에게는 메신저나 SNS 사용이 어려우니 될 수 있으면 전화를 달라고 했다.

그렇게 고요한 짧은 완주살이가 시작되었다. 첫날 숙소에 일찍 짐을 푼 이는 나 혼자였다. 제일 먼저 커피를 한 잔 마시고 숙소 주변을 둘러보기로 했다. 만약 누군가 내게 완주에서 유명한 것이 무엇이냐고 물으면 답을 하기가 좀 어렵다. 대신 조용하고 한적한 곳을 원한다면 완주가 바로 그곳일 거라고는 말할 수 있다. 특히나 뚜벅이라면 더 좋다. 역에서 걸어갈 수 있는 거리 혹은 자전거를 타고 돌아볼 수 있는 거리에 모든 게 있다. 문화예술촌의 경우 여러 동으로 구성된 건물을 돌아다니며 자유롭게 구경할 수 있고 주말에는 체험도 해볼 수 있다. 내가 간 날은 폐장을 거의 코앞에 둔 시간이라 한적했다. 그냥 휘휘 돌아보다가 책 몇 권을 들고 카페에 자리를 잡았다. 스마트폰과 멀어지기로 했으니 이제 내가 기댈 곳은 책밖에 없었다. 책장을 휘릭 넘기며 읽다가 창밖을 보다가 읽다가 창밖을 보다가 커피를 한 모금 마시며 시간을 보냈다.

오늘은 영락없이 혼밥. 그래서 미리 물어둔 동네 밥집을 찾아갔다. 실내가 어둑하기에 영업하시느냐고 여쭤보고는 밥 한 그릇을 시켜 말없이 뚝딱 해치웠다. 별미는 아니었어도 괜찮았다. 숙소로 돌아와 동네분들과 인사를 나눴다. 내가 묶는 게스트하우스는 완주에 정착한 청년들의 사랑방 구실을 하는 듯했다. 그리고 다시 방으로 돌아와 침대 위에 누웠다. 그 상태로 달고 긴 잠에 빠져들었다. 신기했다. 평소에는 밤 두 세시가 넘도록 잠들지 못하는데 머리를 대는 순간 나도 모르게 잠이 들었다. 잠깐 눈을 떴을 때는 아직 깊은 새벽이라 다시 잠을 청했다. 그렇게 첫날이 지나갔다.

이 여정에는 동반자가 있었다. 내가 살살 꼬셔서 모셔온 여행 메이트로 평창에서도 함께 1박 2일을 보냈더랬다. 이번에는 나보다 하루 늦게 도착해 짐을 풀고 함께 움직이기로 했다. 그때까지 나는 동네를 좀 더 둘러보고 책도 몇 권 더 읽을 참이었다. 눈을 뜨자마자 숙소 안 카페에 갔다. 브런치를 시키고 책을 꺼내 읽었다.

"오늘은 어디 가세요?"

"오늘은 그냥 여기 있으려고요……."

체크인하자마자 커피를 시켜 먹고는 숙소에서 내리 잠만 자는 손님. 아침부터 카페에서 브런치로 끼니를 때우면서 책만 읽는 손님. 좀 이상하게 여겨질 만하겠다고 생각하면서도 디지털 디톡스를 한다는 이야기는 하지 않았다. 대놓고 변명을 하기에는 좀 멋쩍었다. 한참 책을 읽다가 마당으로 나가 이리저리 둘러보다가 그 상태 그대로 동네 마실을 나섰다. 어제 잠시 구경하다가 만 헌책방을 좀 더 둘러보고 사고 싶은 소품을 좀 꼼꼼히 챙겨보기로 했다.

완주의 책마을에는 중고책이나 고서를 살 수 있었다. 나는 이날에만 네 권의 책을 샀다. 그중에 하나는 영화로 만들어진 『말리와 나』였다. 한 부부가 반려견과의 만남부터 이별까지를 기록한 작품으로 상투적이지만 코끝이 찡해지는 감동이 있었다. 나 역시도 강아지를 키우고 있어 남 이야기 같지 않아 감정이입이 절로 되었다. 아직은 세상에 궁금한 것이 너무 많은 어린 나이지만 어느 순간 나보다 먼저 늙어갈 녀석을 떠올리면 눈물이 맺힌다.

오늘은 좀 더 걸어보기로 했다. 길 끝까지 죽 따라가면서 뭐가 나오는지를 볼 작정이었다. 그렇게 걷다가 카센터에서 만난 강아지. 뭐가 그리 좋은지 헤헤거리며 쫓아온다.

"우리 집에 갈래?"

예쁜 녀석을 마구 만져주며 꼬셔보지만 절대 자기 구역을 벗어나지 않는다. 인사를 건네고 마저 걷던 길을 걸었다. 얼마 더 가지 않았을 무렵 멀리 사거리가 보였다. 한 눈에도 복작복작해 보였다. 아니나 다를까 숙소 주변에는 얼마 없던 편의시설이 여기에 모두 모여있었다. 프랜차이즈 가게도 한 둘이 아니었다. 읍내와 같은 모습이었다. 확인만 하고는 다시 숙소로 돌아갔다.

완주에 오기 전 나의 두 번째 책이 출간되었다. 그 과정을 함께 하느라 거의 탈진하기 일보 직전이었고 그 상태로 여기에 왔다. 아마도 무의식중에 번아웃된 나의 몸이 디지털 디톡스를 원한 건 아닐까 싶기도 했다.

스마트폰을 보지 않아도 되는 게 나의 일감이나 진척상황을 실시간으로 체크하지 않아도 된다는 게 너무 홀가분했다. 그래서인지 긴장이 풀려버린 내 몸은 자꾸만 잠 속으로 빨려 들어갔다. 늦은 오후 다시 낮잠을 청했다.

"언니! 저 왔어요."

나의 여행 메이트가 도착했다. 그녀도 나처럼 자연을 좋아한다. 아니 나보다 더 좋아할지 모른다. 틈틈이 산행하고 템플스테이도 간다. 슬그머니 디지털 디톡스를 같이해보자고 꼬드길까 하다가 그만두었다. 이걸 강요받는다고 생각하면 너무 부담스러울 것 같아서. 대신에 그 친구도 따라서 한번 해보고 싶다는 마음이 든다면 그것만으로도 성공일 거다. 하루 먼저 도착했을 뿐인데 자연스럽게 문화예술촌을 구경 시켜 주게 되었다. 이날 우리는 근처 식당에서 밥을 먹고 SF 도서관에서 밤늦게까지 책장을 넘기며 시간을 보냈다. 어찌 보면 너무 느리고 별것 없어 심심할 법도 한 여행이지만 놀랍게도 24시간은 잘도 흘러갔다.

오늘 아침은 날씨가 좋아 마당에 의자를 꺼내 놓고 따스한 햇볕 아래 모닝 독서를 시작했다. 읽다가 하늘 한 번 보고 읽다가 주위를 한 번 살피고 조금 더 읽다가 잠시 눈을 붙이고 조금 더 읽다가 일어나 한 바퀴를 돌았다.

오늘은 3박 4일의 마지막 날답게 특별한 걸 해보기로 했다. 청년들을 위한 클래스에 참여하기로 한 것! 실크스크린 수업을 한다길래 신청을 하고 한 자리를 차지했다.

인천에서 완주까지 왔다니 깜짝 놀라는 사람들 사이에서 멋쩍게 자기소개를 했다. 판화 기법의 하나인 실크 스크린을 활용해서 작은 손수건을 만든다고 해서 이미 올 때부터 마음속에 생각해 놓은 도안이 있었다. 반려견 동구의 이름 딴 일명 ' 동구책방' 로고. 무엇보다 손으로 직접 만들고 과정이 전부 아날로그로만 이뤄져서 더 반가운 마음에 신청했던 것도 있긴 했다.

쉽지는 않았다. 초보다 보니 밑그림을 새긴 판이 심하게 까지고 구멍이 났다. 그래서 한 번 더 처음부터 다시 작업하기도 했다. 그래 놓고는 잉크를 너무 많이 묻혀서 손수건이 얼룩덜룩해지는 바람에 여분 하나를 더 얻어 겨우겨우 완성했다.

약 2시간 남짓의 클래스. 그 시간 동안 쉴 틈 없이 열심히 그림을 그리고 판에 새기고 잉크를 묻혀 작품 하나를 만들어 냈다. 이렇게 간단해 보이는 손수건 한 장을 만들기 위해 수많은 과정을 거쳐야 한다는 게 실로 놀라웠다.

그 후에는 산책로를 따라 오래오래 걸어 풍경 좋은 곳에서 식사하기로 했다. 아무것도 없는 넓은 들판에서 풍겨오는 진한 자연의 냄새를 맡으며 뒤늦게 합류한 일행까지 셋이서 이런저런 이야기를 하며 걷고 또 걸었다. 벤치에 앉아 먼 곳을 바라보며 눈도 실컷 쉬게 해 주고 사진도 찍으며 완주에서의 마지막 날을 기념했다.

스마트폰도 텔레비전도 그 어떤 디지털 기기도 사용할 수 없으니 세 사람이 모여도 할 수 있는 건 서로에게 의지하는 것뿐이었다. 밤늦게 우리 셋은 맥주 한 캔을 앞에 놔두고 오래오래 수다를 떨었다. 그래도 역시나 시간은 잘만 갔다. 이대로 떠나보내기 아쉬운 밤이라 서재에서 몇 권의 책을 꺼내 다급한 마음으로 살펴보고 또 살펴봤다.

이제 돌아갈 시간. 다시 한번 무궁화호를 타고 슬로우 트래블의 마침표를 찍을 시간이 왔다. 3시간이 조금 넘는 여정 동안 완주에서의 3박 4일을 곱씹어 봤다. 책을 읽고 대화를 나누고 직접 손수건을 만들고 산책을 하고. 그 어떤 것도 빠른 것은 없었다. 느리지만 완벽한 쉼이 있었다. 무궁화 호 차창 너머로 지나쳐가는 풍경을 보며 내내 그 생각뿐이었다.

디지털 디톡스를 시작하고 나서 나도 모르게 무궁화호를 타고 가는 슬로우 트래블을 해보자는 생각이 떠올랐다. 빠르고 편하게 갈 수 있는 여행을 반대로 느리고 조금은 불편하게 가보자!

크면서 여러 번의 실패를 경험했다. 그때마다 나는 너무 크게 울고 너무 크게 넘어졌다. 그 경험을 통해 깨달은 게 있다면 내가 할 수 있는 것과 할 수 없는 게 존재한다는 점이다. 도전에도 큰 용기가 필요하겠지만 포기에는 더 큰 지혜가 필요하다고 믿는다.

'디지털 디톡스'를 하며 감히 엄두도 내질 못하면서도 자꾸만 마음이 갔던 미션이 있었다. 그건 바로 '오프 그리드'와 '비전화' 체험이었다. 둘은 비슷하면서도 조금 다른데 '오프 그리드'는 공공 에너지 자원을 이용하지 않는 것이고 '비전화'는 전기를 사용하지 않는 것이다. 이 둘은 자연 친화적인 삶을 꿈 꾸는 사람 중에서도 고수들이 많이 시도하는 방식이기도 하다.

문명의 혜택은 거꾸로 문명에 재앙을 가져다준다. 시원하기 위해서 켠 에어컨의 실외기 바람이 바깥 공기를 오히려 뜨겁게 만든다. 그 사실을 알면서도 폭염에도 에어컨을 켜지 않고 버티기란 어렵다. 그래서 꼭 한번 해보고 싶었던 두 체험을 맨 마지막으로 미뤄두었다. 어렵사리 찾은 '오프 그리드' 숙소의 화장실은 재래식에 가까운 모습을 하고 있었다. '비전화' 체험은 집에서도 해볼 수 있지만 컴컴한 집에서 불도 켜지 않고 냉장고도 정수기도 사용하지 않고 하루를 버텨야 했다. 무엇보다 반려견과 반려자가 있는 상황에서 내 목적을 달성하자고 피해를 줄 수는 없었다. 그 둘의 의중을 물어보자면 분명 'No'일 테니까 말이다.

나는 많은 것들에 이미 익숙해져 버렸다. 무엇이든 당연한 것이 되어 일상을 권태롭게 만들었을 때 새로움에 도전하고 옛것을 가져오고 싶었다. 그래서 리스트를 만들고 미션을 완수하듯이 하나씩 밑줄을 그으며 해나갔다. 그런데 마지막 두 가지에서 결국 막히고 말았다. 나는 몇 번이고 망설이다가 결국 포기하는 쪽을 선택했다. 일주일에 하루만 하는 '디지털 디톡스'도 내게는 어려운 과제였다. 초반 한 달은 영 적응하지 못해 애를 먹었고 그러다가 중단하고 몇 달 뒤 다시 시작하기도 했다. 기세를 잡고 나서는 내가 알아서 연장해 진행할 정도로 익숙해지긴 했지만 말이다.

그래서 '오프 그리드'와 '비전화'는 나의 인생 숙제로 남겨두려고 한다. 조금 더 결심이 확고하게 섰을 때 모두의 동의를 얻었을 때 다시 시도해볼 거다. 그날을 기다리며 머릿속으로 상상도 한다. 화덕에 빵을 굽고 해가 지면 잠자리에 들고 내가 먹고 마시는 과정에서 남긴 것 무엇 하나도 자연에 해가 되지 않는 삶을 말이다. 전기도 문명도 그 어떤 것도 필요하지 않은 일상. 언젠간 조금 더 자연과 가까워지고 싶을 때 조금 더 문명의 바깥으로 달아나고 싶을 때가 올 거다. 그때를 위해 조금씩 준비하며 유예하련다. 다시 기쁠 그 날을 위해서.

나는 현재 '디지털 디톡스'를 하고 있지 않다. 원래 계획했던 6개월의 기간에서 3개월을 더 연장해 총 9개월을 한 뒤 잠시 휴지기를 갖고 있다. 일 년도 채 되지 않는 시간 동안 뭔가를 크게 배우고 느꼈다면 과장일지도 모른다. 하지만 뭔가 달라졌음을 내 안의 뭔가가 변화했음을 느낀다.

처음 '디지털 디톡스'를 한다고 했을 때 주변 사람들은 코웃음을 쳤다. 그도 그럴 것이 나는 SNS 중독자에 가깝기 때문이다. 회사에 다닐 때는 그 재미를 크게 못 느꼈지만, 전직하고 글 쓰는 일을 업으로 삼으면서 온라인으로 독자들을 만나고 소통하는 재미를 느꼈다. 또한, 내가 하는 일을 알릴 수 있는 하나의 방편이기도 하고 말이다. 하지만 어쩌면 조금 지쳐 있었는지도 모른다.

매 순간 스마트폰을 챙기지 않으면 불안해 어디든 들고 다녀야만 했다. 좋은 사람들이 곁에 있는데도 자꾸만 팝업 알람을 확인하고 들여다봤다. 밤낮 평일 주말 할 것 없이 어디서든 들어오는 일거리와 새소식을 체크했다. 온 신경이 그리로 쏠려 내가 중독인지조차 판단이 서질 않았다.

그러던 어느 날, 스마트폰을 너무 들여다보는 내가 인터넷 세상에 집착하는 내가 싫어졌다. 뭔가를 놓치고만 있다는 생각이 들었다. 그렇다고 해서 아예 영영 떠날 수는 없으니 일주일에 하루만은 내게 자유를 주기로 했다. 거꾸로 어색하고 불편해진 자유를 말이다. 모든 걸 꺼놓은 세상에 무엇이 남았을까 생각해보니 비관적인 답이 돌아왔다.

"인터넷을 하지 않으면 할 수 있는 게 뭐가 있겠어?"

옛 기억을 더듬어 가며 리스트를 만들기 시작했다. 그리고 그걸 하나씩 해나가며 이 모든 과정을 기록하기로 했다. 이 책 『어떤, 실험』은 그에 대한 결과물이다.

이 책을 읽고 나서 한번 해보고 싶은 마음이 든다면 디지털 디톡스를 하며 힘들었던 순간에 위로가 될 것이다. 한 번쯤 따라 해본다면 책을 쓰며 힘들었던 순간이 기쁨으로 바뀔 것이다. 그렇지 않다고 해도 마음이 전해졌다면 그것으로 충분할 것 같다.

NO DIGITAL ZONE

KONG 에서 펴낸 책들

『어떤, 작가』 조영주

스스로 덕후라 칭하는 소설가 조영주가 전하는
솔직한 일상, 책 이야기

『어떤, 문장』 아거

시선이 머물렀던, 탐했던 문장에 대한 사유의 기록

『어떤, 낱말』 아거

낱말 안에 우련하게 보이는 삶의 일면에 대한 이야기

『어떤, 시집』 공가희

시가 어렵지만 다가가고 싶은 사람들에게 전하는 시

『어떤, 여행』 공가희

자체 안식년을 갖고 떠난 무계획 여행 에세이

누군가의 첫 책 No. 1

『다한이 뭐하니』 이다한

한마디로 엉뚱하고 발랄하고 유쾌한 책

어떤, 실험

초판 1쇄 발행 2020년 10월 15일

지은이 최하나
펴낸이 공가희
편집 공가희

펴낸곳 KONG
등록 2018년 8월 31일(제2018-000019호)
email thekongs@naver.com
인쇄 신사고하이테크

ISBN 979-11-91169-00-3

이 도서의 국립중앙도서관 출판예정도서목록(CIP)은 서지정보유통지원시스템 홈페이지(http://seoji.nl.go.kr)와 국가자료공동목록시스템(http://www.nl.go.kr/kolisnet)에서 이용하실 수 있습니다.(CIP제어번호: CIP2020041494)

* 책값은 뒤표지에 있습니다.
* 파손된 책은 구입한 서점에서 교환해 드립니다.